KB028126

완벽하진 않지만
나답게 살고 있습니다

완벽하진 않지만
나답게 살고 있습니다

펴 낸 날 2024년 7월 17일 초판 1쇄

지 은 이 최영원
펴 낸 이 박지민
책임편집 윤주서
편 집 김정웅, 민영신, 이경미
책임미술 롬디
마 케 팅 박종천, 박지환

펴 낸 곳 모모북스
서울특별시 동대문구 왕산로81, 203-1호(두산베어스 타워)
전화 010-5297-8303 팩스 02-6013-8303
등록번호 2019년 03월 21일 제2019-000010호
e-mail pj1419@naver.com

ISBN 979-11-90408-60-8 03810

완벽하진 않지만
나답게 살고 있습니다

최영원 지음

프롤로그

완벽하진 않지만 나답게 살고 있습니다

'완벽하지 않은 내 인생, 계속 살아갈 의미가 있을까?'

나는 완벽주의자였다. 100점이 아니라면, 90점도 80점도 의미가 없었다. 학창 시절 시험 기간에는 점수 1,2점에 울고 웃었다. 성인이 되어서는 지각할 바에 결석하는 강박적인 사고를 벗어나지 못했다. 완벽하지 못한 나의 외형은 항상 낮은 자존감의 원인이 되었다. 화려한 외모의 연예인이 등장하는 TV를 시청하는 것이 힘들었다. TV 속 그들의 모습과 나를 비교하게 되었기 때문이다. 그렇게 나는 불완전한 자신을 사랑하지 못하는 사람으로 살아가고 있었다.

〈완벽하진 않지만 나답게 살고 있습니다〉는 자기 사랑 에세이다. 29년간 나를 사랑하지 못했던 K-장남이 나다움을 찾아가는 여정이 담겼다. 제목에서 알 수 있듯, 현재 내 삶은 완벽하지 않다. 여전히 우울증 치료를 받고 있고, 집안에는 해결해야 할 문제가 여럿 존재한다. 완벽하지 않은 삶을 받아들이기로 했다. 물론 그 과정은 쉽지 않았다. 애써 부인하기도, 원망하기도 했다. "나를 죽이지 못한 고통은 나를 더 강하게 만든다"라는 니체의 말을 믿는다. 내 삶의 불완전함을 인정하면서, 스스로를 사랑할 수 있게 되었다. 1장에는 완벽하지 않음을 받아들이고, 나다움을 찾기 위해 애쓰는 여정이 담겼다. 오늘도 '나 자신을 더 사랑해야겠다' 다짐하는 이들에게 공감과 위로가 되어줄 것이다. 2장에서는 '나답게 인간관계 맺는 법' 관련해 썼다. 자신을 사랑하지 못하는 사람의 관계는 불완전하기 쉽다. 30여 년간 나의 인간관계가 그러했다. 지금 타인과의 관계로 힘들어하고 있다면, 가슴에 와닿는 장이 될 것이다. 3장은 '일'을 주제로 한 이야기를 담고 있다. 사람은 평생 하루의 1/3 이상을 일을 하며 살아간다. 먹고 자는 것 못지않게 중요한 영역이 바로 '업'(業)이다. 대학 졸업 후 일반적인 직장 생활을 경험했다. 퇴사 후 나만의 일을 시작하며, 나답게 일하는 것이 무엇인지 배워가고 있다. 타인이 아니라, 온전히 나를 위해 일하고 싶은 이들에게 좋은 영감을 줄 것이다. 4장에서는 나답게 읽으며 살아가는 삶에 관해 썼다. 나다운 삶을 위한 비결을 묻는다면, 주저 없이 독서를 권할 것이다. 책 속에는 사람을 만드는 힘이 있다고 믿는다. 삶의 변화를 꿈꾸는 이들에게, 긍정적인 자극과 도전이 되었으면 한다.

완벽하지 않아도 괜찮다. 당신은 존재 자체만으로 충분히 멋진 사람이다. 삶을 포기하고 싶었을 때, 나를 붙들어 준 쪽지 하나가 있다. "아들아, 다른 모든 건 중요하지 않아. 중요한 건 너 자신이야"라는 어머니의 짤막한 편지였다. 이 책이 독자들에게 그러한 글이 되었으면 한다. 부족함 투성이더라도, 지금 모습 그대로 사랑받기 충분하다 말해주고 싶다.

7월의 어느 날, 최영원

목차

나답게 나아가며 살고 있습니다

나답게 관계 맺으며 살고 있습니다

나답게 일하며 살고 있습니다

나답게 읽으며 살고 있습니다

1장

나답게 나아가며
살고 있습니다

이팔청춘은 아니고, 이십팔청춘인데요

이팔청춘二八青春.

'열여섯의 나이, 봄날같이 푸르고 젊은 시절'을 가리키는 말이다. 사람들이 종종 말하는 "마음만은 아직 이팔청춘이야."의 그 이팔청춘이다. 최근 드라마 〈서른, 아홉〉에 출연한 손예진 배우의 인터뷰가 적힌 기사를 읽은 적이 있다. 손예진 배우는 인터뷰에서 "나이는 중요하지 않다는 생각이 든다. 저도 마음만은 이팔청춘인데, 모두 숫자에 연연하지 않고 하루하루 살아가셨으면 좋겠다."라고 답한 것을 보며 크게 공감했다. 나는 사전적 정의인 이팔청춘의 나이는 지났다. 그것도 13년이나 말이다. 그런 의미에서 이팔청춘이 지난 나에게 이십팔청춘이라는 새로운 시절을 명명해 주려고 한다. 이팔청춘도 봄날같이 푸르고 젊은 시절에 해당하지만, 백세 시대에 돌입한 지금 이십팔청춘 역시 이에 못지않게 파릇파릇하고 젊지 않던가?

20대는 참 고민이 많은 시기다. 문득 미래에 대한 불안과 걱정이 닥치는 시기이기도 하다. 많이 흔들리는 시기라고도 표현할 수 있을 것 같다. 미래에 대한 불안과 타인과의 비교에서 오는 불안, 성공에 대한 두려움 역시 많이 겪는다. 사실, 불안을 느끼는 사람들 중에는 자신의 불안이 정확히 어디서 기인했는지를 알지 못하는 사람들도 많다. 『불안』이라는 책을 쓴 알랭 드 보통은 불안을 두고, "사회가 정해 놓은 성공에 이르지 못할 위험에 처했으며 그 결과 존중받지 못할지도 모른다는 걱정"이라고 정의했다. 내가 정한 성공이 아니라 사회가 정해 놓은 성공, 그리고 그 성공에 이르지 못할 것 같다는 마음에, 그 결과 존중받지 못할지도 모른다는 마음에 '불안'을 느끼게 된다는 것이다. 알랭 드 보통의 글을 읽고 많은 공감을 했다. 대한민국을 살아가는 수많은 20대가 불안한 시기를 보내는 이유도 이 사회가 정한 기준점에 자신이 들지 못한다고 느끼기 때문이라고 생각했다. 나 역시 대학에 다니며, 사회가 정해 놓은 기준점에 들지 못하는 나 자신을 보며 미칠 듯한 불안에 휩싸이곤 했다.

대학 입학 후 왜 그랬나 싶을 정도로 많은 방황을 겪었다. 남들이 부러워할 만한 대학에 왔는데도 어찌 그리 불안했는지 모르겠다. 좋은 대학 입학이라는 목표를 향해 12년간 달려오고 나니, 그다음 목표가 없었다. 나는 이제 무엇을 목표로 삼고 살아야 할지 혼란스러웠다. 막막함과 불안감 속에 안정된 미래가 보장되어 있는 교육대학교 입시를 다시 치르기도 했다. 이처럼 많은 고민과 방황 속에서 대학 4년을 보냈다. 졸업을 앞둔 막 학기 과감히 다니던 학교를 중도 휴학한 후 도서관에 들어가 책을 읽기 시작했다. 그런데 이게 웬일인가. 막연한 마음으로 시작한 독서는 내 삶을 바꾸었다. 책을 읽으며 가장 먼저 생긴 변화는 바로 나의 내면에 있었다. 책을 읽으며 그토록 나를 괴롭히던 불안이 사라지는 것을 경험했다. 책 속에는 이미 나처럼 불안한 시기를 겪으며 성공한 사람들의 이야기가 실려 있었다. 그러한 이야기는 내게 큰 위로가 되었다. 나는 더욱더 열심히 책을 읽기 시작했다. 그렇게 지난 3년간 200권 이상의 책을 읽었다. 대학 4년간 전공도서를 제외하고는 10권도 읽지 않던 나에게 생긴 엄청난 변화였다. 내가 좋아하는 교보문고 광화문점 앞에 가면 큰 비석에 다음과 같은 글귀가 적힌 것을 볼 수 있다.

"사람은 책을 만들고, 책은 사람을 만든다."

참으로 놀라운 글귀가 아닐 수 없다. 분명 책을 만드는 건 사람인데, 그렇게 만들어진 책이 또다시 사람을 만든다니……. 나는 이 비석에 적힌 글귀를 믿는다. 책은 사람을 만든다. 나아가 사람의 삶을 크게 변화시킬 힘이 있다. 지금껏 읽은 200권이 넘는 책 속에서 만난 사람들의 삶이 그랬고, 이 글을 쓰고 있는 나 역시 책을 통해 삶이 변화됨을 경험했다. 여러 책을 읽다 보니 문득 나도 책을 쓰고 싶다는 마음이 들었다. 나도 내가 읽은 책의 저자들처럼 나의 이야기로 다른 사람들의 변화를 돕고 싶은 마음이 생겼다. 책을 쓰고 강연 다니는 삶이 살고 싶었다. 대학교 1학년 때부터 어딘가에 얽매이지 않은 자유로운 1인 기업가의 삶을 꿈꿨던 것도 한몫했다. '책을 쓰면 정말 자유로운 삶을 살게 되는 걸까?'라는 의문도 들법했지만, 내 이름으로 된 책 1권을 낼 수 있다는 상상만으로도 그냥 좋았던 것 같다. 책을 써서 지금보다 더 큰 영향력을 끼치는 사람이 되고 싶었다. 더 많은 사람을 만나고 소통할 수 있게 되기를 바랐다. 그리고 스물아홉의 지금 나는 작가가 되어 꿈꾸던 삶을 살고 있다.

누군가 내게 현재 온전히 나로 살고 있느냐고 묻는다면 나는 당당히 그렇다고 답할 수 있다. 그리고 그렇게 된 계기는 누가 뭐래도 독서와 글쓰기에 있다. 세상에는 저마다의 삶을 열심히 살아가는 사람들이 많이 존재한다. 이러한 사람들의 모습은 '나는 어떻게 살고 있는가?'를 돌아보게 한다. 때론 다른 사람들의 모습을 보며 '조급함'을 느끼게 되기도 한다. '나름 열심히 살고 있는데, 잘 가고 있는 것일까?'에 대한 답은 아직 알 수 없다. 우리가 할 수 있는 일은 잘 가고 있다고 믿으며 현재의 일에 최선을 다하는 것이라고 믿는다. 20대가 얼마 남지 않았다는 생각 때문일까. 나의 시간들을 헛되이 보내고 싶지 않다. 살다 보니 어느덧 조금씩 사회인으로서의 부담이 느껴지기 시작하는 나이에 이르렀다. 남들과 똑같은 길, 정해진 길을 가지 않겠다는 결심으로 지금껏 살아왔다. 그냥 공부하고, 그냥 스펙 쌓고, 그냥 취업하면 되는 건데 그게 마음처럼 그렇게 되지 않았다. 친한 친구는 이런 나를 두고 이상주의자라 부르기도 했다. 내가 좋아하는 일을 하며 살고 싶었다. 그 일이 무엇인지를 대학 4년 내내 찾아다녔다. 실패 없이 보낸 청소년 시절과 달리 청년 시절의 나는 많은 실패를 겪었다. 누군가 그랬다. 도전 없이는 실패도 없다고 말이다. 실패를 겪으며 지금 내 삶이 성장을 향해 나아가고 있는 증거라고 믿으며 위안을 삼았다. 나답게 살기로 했다. 그렇게 살기 위해 책을 읽기 시작했고, 작가의 삶을 선택했다. 남들과의 비교는 나의 길을 가는 데 방해가 된다. 아직 나의 20대는 1년이라는 기간이 남았다. 누가 뭐라고 하면 어떠한가. 나는 아직 이십팔청춘二十八青春인 걸! 남은 20대만큼은 내가 하고 싶은 일을 마음껏 해볼 생각이다.

인생에는 저마다의 개화(開花) 시기가 있다

군 복무 시절, 어느 군대 선임의 고민 상담을 해준 적이 있다. 선임이기는 하지만 3살 어린 동생이었다. '통계학'을 전공하고 있는 대학생이었고, '앞으로 뭘 먹고살아야 할지 모르겠다'는 것이 선임의 고민이었다. 대학교 2학년이 되어 남들 따라 군 입대를 했고, 이 기간 동안 인생의 방향을 찾고 싶었다고 했다. 하지만 어느덧 전역을 앞둔 시점이 되었고, 아직도 인생의 방향을 정하지 못해 불확실한 미래로 인해 고민 중이었다.

군대 선임의 이야기를 듣고 내가 먼저 해주었던 말은, “너무 조급해할 필요 없다.”라는 말이었다. 사실 나 역시 바로 미래에 대한 조급함을 크게 느꼈던 적이 있었기 때문이었다. 20살까지는 대학 입학만을 바라보고 달려왔는데, 21살이 되어 갑자기 목표를 잃어버린 듯한 느낌이 들며 불안했다. 대학 졸업 후 어떤 일을 할 수 있을지 그림이 그려지지 않았다. 불확실한 미래에 대한 불안감은 24살이 될 때까지 지속되었다. 대학교 4학년이 되었지만, 교육학 전공생인 나는 주위 선후배들, 동기들에 비해 갖춘 것이 하나도 없었다. 모두가 흔히 하는 교직 이수도 안 했고, 복수 전공도 안 했었다. 그리고 다들 갖추고 있는 소위 스펙이라 불릴 만한 것도 찾아볼 수 없었다. 더군다나 학점까지 좋지 못했으니, 미래에 대한 불안감으로 가득해졌던 건 하나도 이상할 만한 일이 아니었다. 어느 날 우연히 인스타그램을 통해 대학 입학 시절 알게 된 학과 선배의 게시물을 보게 된 적이 있다. 선배는 졸업 후 삼성 전자에 입사한 상태였고, 인스타그램에 올라온 선배의 삶은 겉으로 보기에 성공한 삶처럼 보였다. 좋은 레스토랑에서 식사한 사진, 명품 가방을 구입한 사진 등을 올리곤 했기 때문이다. 또 다른 선배의 게시물을 보게 되었는데 그 선배 역시 모두가 부러워할 만한 직장에 취직한 상태였다. 학교 안 교실에서 같이 수업을 들을 땐 나와 별다를 게 없는 선배였는데, 소위 많은 이들이 부러워하는 직장에서 일하고 있는 선배의 모습은 왠지 모르게 나로 하여금 괴리감을 느끼게 만들었다. 사실 이런 느낌과 경험은 이번이 처음이 아니었다. 심지어 같은 과 후배들을 통해서도 여러 번 경험한 일이었다. 만점에 가까운 학점을 관리하며, 교직 이수를 하며, 복수 전공을 하고, 교환 학생을 다녀오고……. 이러한 주변 사람과의 비교는 자꾸 나를 위축되게 만들었고, 불안하게 했다. 미래에 대한 불안은 조급한 마음이 들게 했다. 그리고 나는 나 자신과 미래를 좁은 시각으로 바라볼 수밖에 없었다. 사실 나는 조급함을 느끼고 있던 그때도 정작 내가 조급해하고 있다는 사실을 인지하지 못했었다. 그렇다면 내가 이러한 조급함을 느꼈던 이유는 무엇이었을까? 나에게 조급함을 느끼게 만들었던 건 사회가 정한 인생 매뉴얼이었다. 내가 좋아하는 책인 『하마터면 열심히 살 뻔했다』에 보면, 다음과 같은 구절이 나온다.

"뭐? 아직 결혼 안 했어? 우리 나이면 벌써 결혼해서 애도 있어야지.

아직도 월세야? 우리 나이면 요 정도 평수 아파트 하나 사야지. 집값 오르면 대출금 한 방에 갚을 수 있어.

차도 없다고? 우리 나이면 소형차는 좀 그렇고, 요 정도 급 차는 있어야지.

회사도 그만뒀다고? 말이 좋아 프리랜서지 백수나 마찬가지야. 회사 다녀. 우리 나이면 요 정도 연봉은 벌어야지.

보험도 없어? 우리 나이면 실비 보험 하나 정돈 있어야…….

그런 인생 매뉴얼은 어디서 받아오는 거냐? 구청에 가면 주는 건가?"

나는 이 인생 매뉴얼에 뒤처지지 않는 삶을 살고 싶었다. 대학 졸업과 동시에 내가 다닐 직장이 보장되어 있는 그런 삶을 바랐다. 하지만 내게 필요한 것은 새로운 목표 설정이 아니었다. 내게 필요한 건 '그냥' 쉬는 것이었다. 조금 '숨'을 돌리는 것이었다. 내가 어디까지 왔고, 또 현재 어디에 서 있는지를 돌아보는 것이었다. 하지만 이 사실을 알지 못했던 21살의 나는, 나를 이끌어 줄 눈앞의 목표만을 찾아 헤매고 있던 것이었다. 조급함을 느끼면 앞을 제대로 볼 수 없다. 정확히 말하면 넓게 볼 수 없다. 내가 중학생 때부터 즐겨 하는 취미가 하나 있다. 그건 바로 '오목'이다. 오목이란 오목판과 오목 알을 사용해 흑백이 번갈아 한 수씩 두며 먼저 한 방향으로 같은 색 돌 다섯 개를 늘어놓으면 승리하는 게임이다. 중학생 때 쉬는 시간만 되면 칠판 앞으로 나가 분필로 오목판을 그린 후 친구들과 오목 최강자를 가렸던 추억이 있다. 친구들 사이에서 오목을 두다 보면 꼭 곁에서 '훈수'를 두는 친구들이 있었다. 그런데 재밌는 건 실제로 오목 경기에 임하고 있는 당사자들보다 곁에서 훈수를 두는 친구들의 판단이 옳은 경우가 많다는 것이다. 친구의 훈수를 듣기 전에는 전혀 보지 못했던 수手를 이후에서야 발견하고 가슴을 쓸어내리곤 했다. 경기에 임한 당사자들은 이겨야 한다는 중압감과 긴장 탓에 더 큰 그림을 보지 못하는 경우가 많다. 그렇다 보니 바로 앞의 수에만 급급해하게 되고, 결국 경기에도 지게 되는 것이다. 우리의 인생 역시 마찬가지다. 조급함은 미래에 대한 나의 시야를 좁게 만든다. 따라서 '앞으로 무슨 일을 해야 할지 모르겠다'가 고민이라면, 어쩌면 지금 필요한 건 내가 혹시 조급해하고 있는 건 아닌지 돌아보는 것일지도 모른다. 그리고 만약 그렇다고 한다면 잠시 조급한 마음을 내려놓는 연습이 필요하다.

최근, 오래된 엄마의 스마트폰을 바꿔 드렸다. 스마트폰에 익숙하지 않은 엄마가 가장 유용하게 활용하는 기능은 바로 카메라다. 엄마는 길을 걷다 예쁜 꽃을 보면 꼭 카메라로 사진을 찍곤 했다. 어느 날 그 이유를 물어보니, 꽃이 너무 예뻐 사진으로 남기고 싶어진다고 했다. 그렇게 찍힌 사진은 우리 가족들에게 전달되곤 했다. 꽃을 좋아하는 엄마의 영향인 걸까. 나는 유독 '꽃'에 관한 시를 좋아하는 편이다. '꽃'에 관한 정말 아름다운 시들이 많이 있다. 김춘수 시인의 「꽃」, 도종

환 시인의 「흔들리며 피는 꽃」 등이 그렇다. 우리가 꽃을 통해 깨달을 수 있는 교훈은, 꽃이 저마다의 개화 시기를 갖고 있다는 것이다. 가을에 피어나는 꽃인 코스모스는 봄에 피어나는 개나리를 보고 부러워하지 않는다. 만약 이런 꽃들이 서로를 시기해 마치 파업하듯 같은 시기에 꽃을 피워낸다면 어떤 일이 일어날까? 아마 매월 전국에서 열리는 다채로운 꽃 축제들은 문을 닫게 될지도 모를 것이다. 우리의 삶 역시 마찬가지다. 누군가가 봄에 꽃을 피우는 개나리라면, 우리는 가을에 꽃을 활짝 피우는 코스모스일 수 있다. 꽃이 저마다의 개화 시기를 가지고 있듯, 우리 삶 역시 각자의 속도와 방향을 가지고 있다. 이 사실을 정확히 받아들이게 되면서 나는 더는 미래에 대해 불안해하지 않게 되었다. 어느 책에서 한국인의 특징을 '하나에 수렴되는 사고방식을 갖고 있는 것이다'라고 정의한 것을 읽은 적이 있다. 책을 읽으며 크게 공감했다. 그도 그럴 것이 우리가 살아가는 사회는 하나의 단일화된 '정답'을 좇기에 급급한 사회란 생각 때문이었다. 백년지대계百年之大計라 할 수 있는 교육조차 그러한 정답 찾기에 열을 올리고 있다. 슬프게도, 정작 나는 법은 가르쳐 준 적도 없으면서 절벽에서 떠밀며 "네 꿈을 펼쳐 마음껏 날아라!"라고 말하는 것이 우리 교육의 현주소다. 초·중·고 12년 내내 정답 찾기에 몰두했던 아이들이, 성인이 되어 똑같이 인생의 정답을 찾기에 애쓰는 건 어찌 보면 당연한 일일지도 모른다. 과거의 나 역시 그랬다. 나는 나의 사고가 이 사회에서 정한 정답이라는 상자(하지만 모순되게도 정답이 아닌)에 갇혀 있었음을 깨닫게 되었다. 대학 시절 내내 나를 괴롭혔던 미래에 대한 불안은 사회가 정한 속도와 방향을 따라가야 한다는 조급함에서 기인했었다는 사실을 알게 되었다. 우리는 모두 각자의 삶의 속도와 방향을 지니고 있다. 하지만 이 사회는 그들이 정한 삶의 속도와 방향을 정답으로 규정하고, 그와 다른 길을 걷는 이들을 이탈한 것으로 규정한다. 나는 모두가 우리 개개인이 가진 삶의 속도와 방향을 인식했으면 좋겠다. 설령 내가 가는 길이 다른 사람들과 다르다고 하더라도, 그로 인해 위축될 필요가 없음을 기억하자.

사회가 정한 경주 레일에서 벗어나기

〈헝거게임〉이라는 SF 영화가 있다. '판엠'이라는 이름의 독재 국가에서 12개의 구역을 다스리기 위해 매년 각 구역에서 추첨을 통해 2명의 아이들을 선정해 생존을 위한 살인 게임을 저지르는 영화다. 24명의 아이들 중 단 한 명만이 생존할 수 있기에, 아이들은 생존을 위해 수단과 방법을 가리지 않고 경쟁한다. 24명의 아이들에게 동료 아이들은 경쟁자 그 이상도 그 이하도 아니다. 자신이 살아남기 위해서는 짓밟고 일어서야만 하는 상대인 것이다. 영화를 보며 '아이들에게 무슨 죄가 있기에 강제로 행복한 삶을 박탈하는가?'라는 생각이 들었다. 안타까운 일은 영화 속에서나 일어날 법한 헝거게임이 21세기에도 진행되고 있다는 것이다. 그것도 학교에서 말이다. 최근 2023년 대학수학능력시험을 일주일 앞두고 한 시민 단체에서 헌법 소원을 낸 것이 화제였다.[1] 소원의 요지는 대학 입시 상대 평가가 살인적 경쟁을 유발한다는 내용이었다. 교육 분야 시민 단체인 '사교육 걱정 없는 세상'은 헌법 재판소 앞에서 기자 회견을 열고, 기존 상대 평가 시스템이 학업 경쟁을 부추겨 학생들의 행복 추구권을 위반한다고 주장했다. 실제로 대한민국의 상대 평가 교육 시스템 속에서 청소년들은 친구를 동료로 인식하기보다는, 경쟁자로 인식할 수밖에 없다. 자신이 좋은 고등학교, 좋은 대학에 가기 위해서는 나와 가장 친한 친구를 밟고 일어서야만 한다는 사실에 죄책감을 느낀다. 지난 7월, 사교육 걱정 없는 세상과 유기홍 더불어민주당 의원이 진행한 '경쟁 교육 고통 지표' 결과를 보면 참담

1 https://www.ytn.co.kr/_ln/0103_202211101359125569

하다.[2] '경쟁 교육, 대학 입시 때문에 고통을 받고 있다고 느낀 적이 있느냐'라는 질문에 일반고 3학년 학생들의 74.7%, 특목 자사고 3학년 학생들의 76.3%가 '그렇다'라고 답했다. 생각해 보면 나의 중고등학생 시절 역시 크게 다르지 않았다. 매번 중간고사와 기말고사 끝나고 나면, 선생님은 과목별 시험 성적이 적힌 종이를 반 게시판에 붙였다. 그리고 반 석차와 전교 석차가 적힌 종이를 나눠주었다. 시험이 끝나면 다른 반을 돌아다니며 게시판에 부착된 나와 성적이 비슷한 친구들의 점수를 몰래 확인하곤 했다. 다른 친구에게 물어 그 친구의 등수를 알아내기도 했다. 1, 2점 차이로, 혹은 1, 2등 차이로 내가 그 친구보다 더 위에 있다는 사실을 알게 되었을 때는 참을 수 없는 기쁨을 느꼈다. 반면 그 반대의 경우는 비통한 기분에 빠져있었다. 나와 가장 친한 친구의 등수를 몰래 확인하며 이러한 감정에 빠져야 한다는 사실이 속상했지만, 그렇다고 해서 이 경쟁을 포기할 수는 없었다. 가장 비참했던 건 시험 성적으로 인한 친구의 고통이 곧 나의 기쁨이 되었다

2 https://www.hani.co.kr/arti/society/schooling/1066694.html

는 것이다. 실수해서 속상해하는 친구의 이야기를 들으며 겉으로는 위로해 주었지만, 속으로는 내심 만족해했다. 이러한 현실이 동료 아이들의 고통을 기뻐하는 헝거게임 속 아이들과 무엇이 다른가?

안타까운 일은 20살이 되어서도 이 헝거게임이 끝나지 않았다는 것이다. 대학에 진학했지만, 경쟁은 지속되었다. 교사가 되기 위해 교육학과에 진학했지만, 교육학과에 진학한 동기들 모두 교사가 될 수는 없었다. 교사가 되기 위해서는 3학년 때부터 진행되는 교직 복수 전공 과정을 준비해야만 했다. 교직 복수 전공 과정은 선발제로 선정되었는데, 기준은 다름 아닌 성적순이었다. 인기 있는 전공의 경우 모집 인원이 적었고, 따라서 경쟁률 역시 치열했다. 이를 준비하기 위해 동기들은 1학년 때부터 밤을 새워가며 학점 관리를 시작했다. 고등학교 3학년 때 대학 입시를 준비하던 모습과 조금도 다를 게 없었다. 한번은 중간고사 기간 이틀 꼬박 밤을 새운 친구가 다크서클이 눈 밑까지 내려온 모습으로 오늘 있었던 시험을 잘 치렀다며 뿌듯해하는 모습을 보며, 대학에 와서까지 이렇게 해야 한다는 사실에 안타까워했던 기억이 있다.

교직 복수 전공 과정에 선정된 동기들은 보통 대학 4년을 넘어 초과 학기를 수강하는 경우가 일반적이다. 주 전공과목에, 복수 전공과목, 교직 이수 과목까지 다 수강하려다 보니 정규 학기 내에 마치기가 어렵기 때문이다. 매 학기 최대 학점을 꼬박 채워가며 학부를 졸업하면 또 다른 경쟁이 시작되었다. 바로, 중등 교원 임용 경쟁시험 준비였다. 임용 고사, 내지는 임용 시험이 정식 명칭인 이 시험은 방대한 공부량과 높은 경쟁률로 인해 행정 고시, 사법 고시와 같이 임용 고시로 흔히 불린다. 물론 5급 행정 고시에 비하면 학업량과 경쟁률이 상대적으로 낮다고 할 수 있겠지만, 임용 시험을 준비하는 사람 입장에서는 결코 부담이 적지 않다. 나날이 줄어드는 학생 수와 이로 인해 전국 교원 수급 인원이 줄어들면서 임용 시험 준비 학생들의 부담이 늘고 있기 때문이다. 설령 합격하더라도 TO가 나지 않아 발령을 대기하는 일 역시 빈번하게 일어나고 있다. 교사의 꿈을 꾸고 대학에 진학한 내가 맞이한 현실은 위와 같았다. 중학생 때부터 교사의 꿈을 꿨지만, 나는 더 이상 이러한 헝거게임에 참여하지 않기로 했다. 영화 〈헝거게임〉의 아이들은 생존 게임의 참가 여부를 결정할 수 없지만, 다행히 현실의 나는 내가 원한다면 경쟁에 참여하지 않을 수 있었다. 헝거게임 참가를 거부한 바람에 오래 꿈꿔왔던 교사의 꿈은 이루지 못했지만, 후회하지 않는다. 대학 4년간 교사가 되기 위한 경쟁에 참여하는 대신, 교육 멘토링을 통해 전국의 많은 청소년들을 만났다. 대학생 시절 만난 아이들과는 지금도 연락을 유지하며 도움을 주고 있다. 앞으로도 학교 교사 외의 길을 통해 청소년들을 만나며 교사가 되어 이루고자 했던 나의 꿈을 이루고자 한다. 기회가 된다면 교육 관련 책들을 써서 학교에서 청소년들 대상으로 강의와 강연을 하고 싶다.

우리는 사회가 정한 경주 레일의 경주마로 살 필요가 없다. 경주마의 눈을 가리는 눈가리개에 관한 이야기를 들은 적이 있다. 경마를 진행할 때는 예외 없이 경주마에게 눈가리개를 착용시킨다. 이는 경주마의 '발주악벽'을 막기 위함이다. 발주악벽이란 경마 용어로써, 경주할 때 발생하는 경주마의 나쁜 버릇을 총칭하는 말이다. 경주마는 소란스러운 관중이나 다른 경주마들을 보며 불안을 느끼기 때문에, 경주마의 시야를 한정시킴으로써 이를 막는 것이다. 눈가리개를 착용한 경주마들은 오직 눈앞에 보이는 경로와 목표 지점을 바라보며 미친 듯이 달린다. 대한민국을 살아가는 수많은 청소년들, 대학생들, 직장인들을 보며 눈가리개를 착용한 경주마와 같다는 생각을 하게 된다. 대학 입시, 취업, 승진 등의 목표 지점을 바라보며 자신을 돌아볼 겨를 없이 달리고 있지 않는가? 최근, 드라마 〈태종 이방원〉 촬영장에서 촬영을 하던 말이 부상으로 죽어 논란이 된 적 있다. 촬영에 참여한 말은 은퇴 경주마였는데, 이 사건을 계기로 대한민국 은퇴 경주마의 현황이 조망되며 논란이 된 것이다. 한국 마사회에 따르면 은퇴한 경주마의 50%는 도축된다고 한다.[3] 평생을 한 지점을 바라보고 달려온 경주마의 삶의 끝이 강제로 삶을 마감 당한다는 사실에서 우리는 스스로를 빗대어 돌아볼 필요가 있다. 흔히 '중년의 위기'라는 말을 사용하곤 한다.[4] 열심히 산다고 살았는데, 어느 날 '나는 그동안 뭘 위해 살아온 걸까?'라는 회

---

3 https://www.chosun.com/economy/mint/2022/02/10/EB3ROKDXQFBCPKWPE2JJLOWV64/

4 https://news.kmib.co.kr/article/view.asp?arcid=0017521732&code=61171811&cp=nv

의감에 사로잡히는 순간을 일컫는다. 스스로 눈가리개를 착용한 삶은 결국 위기를 맞이할 수밖에 없다. 우리는 나의 시야를 한정시키는 눈가리개를 과감히 벗어던져야 한다. 그리고 당당히 사회가 정한 경주 레일에서 벗어날 수 있는 용기가 필요하다.

내가 가장 빛날 수 있는 자리에서 살기로 했다

어렸을 때 『토끼와 거북이』 우화를 듣고 속으로 생각했다. “이건 너무 부당한 경주야!” 토끼는 육지에서 달리도록 하고, 거북이는 바닷가에서 헤엄치도록 해서 각자 이동한 거리를 재어야 공정한 게임이라고 생각했다. (하지만 이 부당한 게임의 결과는 놀랍게도 거북이의 승리였다.) 육지 동물인 토끼가 빛날 수 있는 곳은 당연하게도 육지다. 이에 반해 해양 동물인 거북이가 빛날 수 있는 곳은 당연히 육지가 아닌 바다다. 만약 반대로 토끼한테

바다에 살라고 하면 어떤 일이 일어날까? 아마 토끼는 단 하루도 살지 못하고 죽을 것이다. 토끼를 수영하는 능력으로 평가하는 일은 아무 의미가 없다. 그럼에도 불구하고 누군가 토끼에게 평생 수영 능력을 평가하려 했다면 어떨까? 아마 그 불쌍하게도 그 토끼는 자신이 바보 혹은 의미 없는 존재라고 느끼며 살게 될 것이다. 안타까운 일은 우리 사회에 이런 일이 만연하게 일어나고 있다는 것이다. 특히나 작은 사회라 할 수 있는 학교에서 자신이 바보라고 느끼는 토끼들을 양산해내고 있다.

오늘날 학교의 기원은 산업 혁명 시절 생산성을 올리기 위해 근로자에게 집단 교육을 시켰던 것에서 유래한다. 공장에서는 근로자 개개인이 어떠한 성향을 가지고 있고, 어떠한 꿈을 가졌는지는 중요하지 않다. 오직 '생산성 증대'라는 하나의 목표를 위해 훈련시킬 뿐이다. 안타까운 일은 200년이 넘게 흘렀지만, 이러한 교육 방식이 여전히 21세기 대한민국 학교에서도 진행되고 있다는 것이다. '생산성 증대'라는 목표는 '대학 입학'이라는 목표로 이름만 바뀌었다. '특목고 입학', '자사고 입학', '특목고, 자사고 입학률이 높아 소위 명문중이라고 불리는 중학교 입학', '명문 초등학교 입학', '영어 유치원 입학' 등의 목표를 위해 많은 대한민국의 청소년들이 맹목적인 교육을 받고 있다 해도 과언이 아니다. 교육부 통계에 따르면 국내 영어 유치원(유아 대상 영어 학원) 수는 지속적으로 늘어왔다. 2018년 562개였던 영어 유치원의 수는 2020년 기준 724개로 늘었다. 일반적으로 영어 유치원에서는 입학을 위한 테스트를 진행하는데, 이 테스트를 준비하기 위해 따로 과외를 받거나 학원 족보를 구하는 일이 다반사다. 내가 충격을 받은 지점은 이러한 테스트를 치르는 아이들의 나이가 만 3세라는 것이다. 물론 21세기를 살아가는 현대인에게 영어를 잘한다는 건 유익이 될 수 있다. 하지만 과연 모든 아이들이 만 3세라는 나이에 과외를 받아 가면서까지 영어를 공부해야만 하는지에 관해서는 의문이다. 대학 역시 마찬가지다. 모든 학생들이 꼭 대학에 진학해야만 할까? 현재 대한민국의 대학 진학률은 70%에 육박한다. 나는 초·중·고 12년 동안 단 한 번도 대학 진학이 갖는 의미에 관해 생각해 보지 못했다. 고등학교를 졸업하면 당연히 대학에 진학해야 하는 줄 알았다. 만약 내가 어렸을 때, 앞으로 하고 싶은 일은 무엇인지,

내가 정말 좋아하는 일은 무엇인지 등에 관해 진중히 고민해 볼 수 있는 기회가 있었다면 나의 미래가 달라졌을지도 모르겠다고 생각한다.

학창 시절 유독 학교에서 하라는 공부는 안 하고 선생님들의 속을 썩이던 친구들이 있었다. 하지만 지금 생각해 보면 공부만 안 했을 뿐이지, 교우 관계도 좋고, 선생님들에게도 싹싹한 좋은 친구들이었다. 지금 생각해 보면 그 친구들에게는 자신의 취향이 있었던 것 같다. 내가 좋아하는 건 무엇이고, 나는 어떠한 사람인지 잘 알고 있었던 사람이라는 생각이 든다. 반면 나는 그렇지 못했다. 나라는 사람에 대한 이해 없이, 산업 혁명 시대 공장의 근로자처럼 맹목적인 교육에 순응할 뿐이었다. 그 결과 대학 입학 후 21살이 되어서야 극심한 회의감과 불안 속에서 처음으로 나 자신과 마주할 수 있었다. 중학교 3학년 때 알고 지냈던 친구 A가 있다. 평균 이상의 학업 성적에 운동도 잘하고 친구들 사이에서 인기가 많은 학생이었다. 선생님들은 그 친구를 보며 항상 'A는 조금만 더 공부에 집중하면 성적이 확 오를 텐데.'라며 아쉬워했다. 하지만 A는 선생님들의 이야기에 아랑곳하지 않고 본인이 원하는 삶을 살 뿐이었다. 고등학교 입시 원서를 작성하는 시기가 되어 A는 마이스터고 진학을 선택했다. 성적이 나쁘지 않아 일반고 진학에 아무 문제가 없었음에도, 국·영·수 중심의 공부가 적성에 맞지 않다는 판단에 내린 선택이었다. 마이스터고에서 3년간 한 분야의 전문 기술을 배운 A는 19살에 삼성전자 취업에 성공해 만족스러운 삶을 살고 있다. 대학 공부에 대한 회의감과 진로 고민으로 인한 불안이 극심했던 대학교 2학년 시절 우연히 SNS를 통해 A의 소식을 듣게 되었다. 그는 어린 나이에도 불구하고 이미 직장 내에서 자리를 잡은 어엿한 3년 차 직장인이 되어 있었다. 문득 '나 앞으로 뭐 먹고살지? 나도 그때 A처럼 마이스터고등학교에 원서 넣었어야 했나 봐.'라는 후회가 몰려왔다. 하지만 나는 알았다. 만약 막연히 A를 따라서 마이스터고에 진학했다면, 지금 같은 고민을 반드시 또 하게 되었을 것이라는 걸 말이다. A는 중학생 시절, 자신이 지금 하는 공부의 의미에 관해 생각했을 것이다. 그리고 자신이 앞으로 어떤 일을 하며 살고 싶은지 돌아보고, 그 결과 마이스터고 진학을 선택했을 것이었다. 나는 지금이 나 자신을 돌아보기 위한 고민의 시간이라는 사실을 깨달았다. 생각해 보니 살면서 단 한 번도 이러한 고민을 한 적이 없었다. 문득 지금이라도 이러한 고민을 하게 된 사실이 새삼 감사하게 느껴졌다. A는 14살이라는 비교적 어린 나이에 했던 고민이지만, 나는 21살이라는 나이에 처음 이런 고민을 하며 내 삶의 방향을 결정할 수 있었다. 물론, 늦게 그것도 처음 시작한 고민이기에 그 고민은 3년이나 지속되었다. 나는 24살이 되어서야 앞으로 어떤 일을 하며 살고 싶은지를 정할 수 있었다. 내가 살고 싶은 삶은 '책을 쓰고 강연을 다니는 삶'이었다. 사람들의 성장과 변화를 돕는 일을 하고 싶었다. 책을 통해, 강의와 강연을 통해 사람들에게 영감을 주는 일을 하고 싶었다. 그리고 현재 29살의 나는 감사하게도 이러한 삶을 살고 있다. 책을 출간했고, 출간된 책을 통해 많은 독자들에게 감사하다는 메시지를 받았다. 책과 관련된 강의와 강연을 열어 사람들의 성장과 변화를 돕는 일을 하고 있다.

알버트 아인슈타인은 말했다.

> "모든 사람은 천재다. 하지만 물고기를 나무 타기 실력으로 평가한다면 물고기는 평생 자신이 형편없다고 믿으

며 살아갈 것이다."

우리는 이 사회가 물고기를 나무 타기 실력으로 평가하는 사회는 아닌지 돌아보아야만 한다. 모두가 나무를 탈 필요는 없다. 반대로 모두가 물고기처럼 바다를 헤엄치며 살 필요는 없다. 나는 각자 스스로가 가장 빛나는 자리가 존재한다고 믿는다. 우리는 먼저 내가 가장 빛나는 자리가 어디인가를 알아야 한다. 나의 자리와 주변 사람들의 자리를 비교할 필요도 없다. 나에게는 너무나 만족을 주는 일이 다른 사람에게는 별다른 관심이 생기지 않는 일일 수도 있다. 반대로 내게는 별 감흥이 없는 일이지만, 다른 사람에게는 인생을 바쳐 성취를 이루고 싶은 분야일 수도 있다. 나는 내가 가장 빛날 수 있는 자리에서 살기로 했다.

서툴지만, 내 삶의 질문에 먼저 답해볼 것

대학교 신입생 시절, 누군가를 처음 만나 학교를 밝히면 항상 듣는 말이 있었다. "고등학생 때 공부 잘하셨나 봐요."와 같은 말이었다. 그럼 나는 "열심히 공부만 했던 것 같아요."와 같은 말로 답하곤 했다. 하지만 웃프게도 이 대답은 뼈가 있는 말이다. 실제로 나는 열심히 공부만 했지, 그 외 정말 중요한 건 놓쳤기 때문이다. 그건 바로 내 삶의 질문에 답해보는 것이었다. 내가 정말 좋아하는 것은 무엇이고, 앞으로 내가 정말 하고 싶은 일은 무엇인지, 나아가 나는 어떤 사람인지에 관해서는 놀랍게도 단 한 번도 제대로 고민해 보지 못했다. 그저 학교에서 모든 선생님의 인정과 칭찬을 받는 모범생의 삶에 충실했을 뿐이었다. 사실 부모님은 내게 공부와 대학을 강요하지 않았다. 하지만 나는 한국 사회 속에서 자라며 20살 이전까지 가장 몰두해야 하는 일은 공부이며, 목표로 삼아야 하는 일은 좋은 대학에 진학하는 것이라고 배웠다. 학교에서는 공부를 잘하는 학생들과 그렇지 못한 학생들을 분류했다. 학생 개인이 가진 성향이나 재능과는 상관없이 오직 국·영·수 중심의 학업에 힘쓰는 학생을 길러내기에 바빴다. 국·영·수 중심에 학업에 힘쓰는 학생들에게는 모범생이라는 등급이 매겨졌다. 나는 이 모범생 타이틀에 점차 익숙해졌다. 공부해야 하는 이유나 이 공부가 미래 나의 삶에 있어 어떤 의미를 지닐지 등은 단 한 번도 고민해 본 적이 없었다. 막연히 공부에 힘쓰며 시험 점수 1, 2점에 울고 웃을 뿐이었다. 그렇게 초·중·고 12년을 보낸 결과 나는 대한민국에서 가장 좋은 사립 명문대라고 불리는 연세대학교에 입학할 수 있었다. 대학교 1학년은 특별한 일 없이 바쁘게 보냈던 것 같다. 난생처음

타 지역으로 홀로 와서 새로운 환경에서 새로운 사람들과 적응하느라 정신없이 1년이 흘렀다. 2학년이 되어 기말고사 공부를 하는데 문득 그런 생각이 들었다. “내가 지금 이 공부를 왜 하는 거지?” 놀랍게도 지난 20년간 공부를 하며 단 한 번도 해보지 못한 질문을 이제야 하게 된 것이었다. 스스로에게 한 첫 질문이어서였을까. 다소 당황스러우면서도 한참 동안 질문에 답하지 못했다. 아무리 생각해도 그 이유를 찾을 수 없었다. 이윽고 내 안에서 여러 질문이 스멀스멀 올라왔다. “대학은 왜 다니는 거지?”, “내가 대학 졸업 후 하고 싶은 일은 무엇이지?” 지금 돌이켜 보면, 대학 입학 전 고민했어야 하는 질문들이었다. 대학은 국가가 지정한 의무 교육 기관이 아니다. 4년이라는 기간과 수천만 원의 비용이 들어가는 교육 기관이다. 이러한 비용을 고려한다면, 적어도 대학에 진학하는 이유와 내 인생에 있어 대학을 어떻게 활용할지에 관해서는 미리 고민해 보는 게 당연했다. 하지만 이 모든 질문은 내 인생의 첫 손님과 같았고, 내 인생 가장 혼란스러웠던 시기를 선물했다. 이러한 고민을 하는데 공부가 잘될 리 없었다. 하고 있는 공부에 대한 회의감과 미래에 대한 불안으로 인해 학업 동기는 바닥을 쳤다. 급기야 기말고사를 안 치르기까지 한 나는 학사 경고와 함께 그동안 받고 있었던, 그리고 앞으로 받을 예정이었던 장학금들이 모두 잘리는 일을 겪어야 했다.

나는 대학교 2학년 1학기, 문득 찾아온 그동안 유예해 왔던 삶의 질문에 답해야만 했다. 많은 현대인이 가장 중요한 삶의 질문에 답하는 것을 유예하며 살아간다. 누군가는 첫 직장 생활에서, 누군가는 직장 생활 20년 차에, 누군가는 죽음을 앞두고 정작 중요한 나 자신과 처음으로 대면하는 순간을 맞이한다. 『나는 도서관에서 기적을 만났다』 저자 김병완 작가는 삼성 전자 재직 11년 차에 길을 걷다 떨어지는 낙엽을 보며 문득 이 낙엽이 자신과 같다고 생각하게 된다. 대한민국에서 가장 유명한 대기업에 다니고 있지만, 정작 자신이 정말 하고 싶은 일에 관해서는 단 한 번도 제대로 고민해 본 적이 없었기 때문이다. 결국 저자는 삼성 전자를 퇴사하고, 책을 읽기 시작하며 그동안 미뤄왔던 삶의 질문에 답하는 시간을 갖기 시작한다. 5년 전 국내에서 큰 인기를 끌었던 드라마 〈스카이캐슬〉이 있다. 최상류층 부모들이 자녀를 서울대학교 의대에 진학시키기 위해 이루어지는 일들을 다룬 드라마다. 정준호 배우(강준상 역)가 대학 병원 의사로 나오는데, 드라마의 후반부에서 그는 그의 엄마인 윤 여사에게 다음과 같이 절규한다.

"나를 이렇게 만든 거 어머니라고요. 나이가 쉰이 되도록 어떻게 살아야 할지 모르는 놈을 만들어 놨잖아요."

"강준상이 없잖아! 내가 누군지 모르겠다고! 허깨비가 된 것 같다고! 내가!"

극 중 윤 여사는 3대째 의사 가문을 이루기 위해 불법 과외와 로비 등을 주저하지 않는다. 강준상은 그런 어머니의 영향으로 쉰을 바라보는 나이가 되었지만, 어떻게 살아야 할지조차 모르는 사람이 되었다. 대학 병원 의사, 병원장을 목표로 달려오다 나이 50이 되어서야 진짜 중요한 나 자신이 누구인지에 관한 질문을 하기 시작한 것이다. 〈스카이캐슬〉 속 강준상을 생각하면 나는 비교적 이른 나이에 가장 중요한 삶의 질문에 답하는 시간을 가졌다는 생각이 든다. 만약 21살에도 여전히 그러한 질문을 하지 못했다면, 강준상처럼 50살이 되어서 자신이 허깨비가 된 것 같다고 고백했을 것을 생각하면 아찔해진다. 많은 대학 동기들이 그렇듯 대기업에 취업하거나 대학교수가 되었다고 한들 정작 나이를 먹고 나 자신이 어떤 사람인지에 관해서도 제대로 답할 수 없다면 과연 행복한 삶이라 말할 수 있을까? 우리는 더 늦기 전에 정말 중요한 삶의 질문에 답할 수 있어야 한다. 사회가 정한 기준대로만 따라가는 삶은 결국 공허해진다. 내가 어떠한 사람인지를 발견하고, 나만의 기준을 분명히 세울 수 있어야 한다. 이러한 질문에 답해보는 것이 서툴고 어색한 사람이 있을 수도 있다. 누군가는 내가 그랬던 것처럼 더 큰 회의감과 불안을 느끼게 될 수도 있다. 하지만 이러한 질문에 답하는 것을 유예할수록 다가올 회의감과 불안은 더 커지기 마련이다. 우리는 한 살이라도 더 젊을 때 내 삶의 질문에 답해야 한다. 『돈키호테』를 쓴 세르반테스는 "너 자신을 아는 것을 너의 일로 삼아라. 그것은 세상에서 가장 어려운 교훈이다."라고 말했다. 어쩌면 나 자신을 아는 것은 세상의 어떤 일보다 어려운 일일지도 모른다. 하지만 어렵다고 해서 결코 외면해서만은 안 된다. 우리는 나 자신을 아는 것을 어떤 일보다 1순위로 삼아야 한다. 나 자신을 알기 위한 크고 작은 노력 속에서 우리는 자신의 진짜 모습을 발견하게 될 것이다.

남들보다 3년이 늦으면, 3년 더 살고 죽으면 되지!

15살의 일이었다. 20살이 되면 군대에 가야 한다는 사실이 그렇게도 겁이 났다. 빨리 성인은 되고 싶지만, 군대는 가고 싶지 않았다. 친한 친구와 "5년 후면 우리나라가 통일되어서 군대를 안 가도 되지 않을까?"라는 주제로 토론했다. 5년이 지났고, 20살이 되었지만 안타깝게도 대한민국은 여전히 분단국가였다. 그 말인즉슨 군대에 가야 한다는 뜻이었다. 남고를 졸업했던 나의 주변에는 실제로 20살이 되자 군 입대를 하는 친구들이 생겨났다. 대학에 왔고, 21살인 2학년이 되자, 남자 동기들의 대부분이 군 입대를 했다. 여초과라 안 그래도 남자 동기의 수가 많지 않았는데 군 입대로 인해 같이 수업을 듣는 남자 동기들은 손에 꼽게 되었다. 상황이 그렇다 보니 주변에서 나에게 물었다. "영원아, 너는 군대 안 가?" 대학을 진학하지 않은 남자들은 20살, 대학에 진학한 남자들은 1학년을 마친 21살에 대부분 군대에 간다. 20살이 되기 한참 전부터 군대라면 거부 반응이 있었던 것도 한몫했겠지만, 나는 지금 당장 군대에 입대해야 하는 이유를 스스로 발견할 수 없었다. 그보다는 대학 생활을 하며 내가 무엇을 좋아하고, 앞으로 어떤 일을 하며 살지를 더 고민하고 싶었다. 그렇게 대학교 4년을 보냈다. 초과 학기인 1학기만 더 채우면 졸업하게 되는 24살의 가을, 나는 남들보다 3~4년 늦게 군 입대를 했다.

대한민국에 살다 보면 인생에 매뉴얼이 있는 것 같다는 느낌을 받기 쉽다. 19살 때까지는 대학 입학을 목표로 공부에만 전념할 것, 20살에는 대학에 입학할 것, 21살에는 군 입대를 할 것, 26살에는 취업할 것, 30살에는 결혼할 것, 35살에는 자녀를 양육할 것, 40살에는 내 이름으로 된 집을 장만할 것 등 인생은 지켜야 하는 숫자들로 가득 차 있다. 그런데 이러한 숫자들은 누가 만든 걸까? 우리는 이러한 고민 한번 없이 그냥 사회가 정한 숫자들을 따라 살아간다. 혹여나 이 숫자에서 벗어나면 불안함을 느낀다. 우리는 나도 모르게 내 인생을 이러한 숫자들로 가득 채우고 있지는 않는지 돌아보아야 한다.

나의 원래 꿈은 초등학교 교사가 되는 것이었다. 부산에서 초·중·고등학교를 나온 나는 고등학교 3학년 입시가 끝난 날, 집 근처 부산교육대학교와 한 번도 살아보지 못한 서울에 위치한 연세대학교 입학을 놓고 정해야만 했다. 초등 교사가 되기 위해서는 부산교육대학교에 입학해야 했지만, 서울에서의 삶에 대한 동경이 더 컸던 19살의 나는 연세대학교 입학을 선택했다. 하지만 대학 생활을 하며 초등 교사에 대한 마음이 계속 남아 있음을 느꼈고, 22살의 나는 입시 준비를 다시 해 서울교육대학교에 합격을 했다. 이제 남은 건 연세대학교에 자퇴 원서를 제출하고 서울교육대학교에 입학하는 일이었다. 하지만 나는 결국 서울교육대학교 입학을 포기했다. 23살에 대학을 신입학한다는 부담 때문이었다. 친구들은 대학교 4학년이 되는 시기에, 나는 대학교 1학년이 된다는 사실이 문득 크게 느껴졌다. 남들보다 3년이 뒤처진다고 생각했다. 그렇게 지금까지도 내 가슴 한편에는 초등 교사에 대한 미련이 크게 자리 잡게 되었다. 지금의 내가 그때로 돌아간다면 어떤 선택을 했을까? 아마 나는 후회 없이 서울교육대학교 입학을 선택했을 것 같다. 대학 입학은 20살에 하는 것이라는 사회가 정한 매뉴얼이 의미 없다는 것을 깨달았기 때문이다. 사회가 만든 숫자보다는 내가 정말 하고 싶은 일과 좋아하는 것이 무엇인지에 귀 기울이는 것이 더 가치 있다는 사실을 깨달았다.

"남들보다 3년이 늦으면, 3년 더 살고 죽으면 되지!"

숫자는 마음을 편하게 만든다. 어쩌면 사람들이 자꾸만 인생을 여러 의미 없는 숫자로 채우는 이유도 마음 편하게 살기 위함이 아닐까 라는 생각을 한다. 20살의 나는 29살의 내가 결혼을 했을 줄 알았다. 하지만 실상은 어떠한가. 결혼은커녕 만나고 있는 사람조차 없다. 29살인 지금의 나는 생각한다. 32살에는 결혼을 하지 않을까? 35살에는 자녀가 있겠지?

40살에는 내 집을 장만했을까? 이렇듯 32, 35, 40이라는 숫자는 마음에 안정감을 준다. 다른 사람들보다 뒤처지고 있다는 불안에서 벗어날 수 있게 돕는다. 하지만 우리는 이미 안다. 인생이 숫자에 적힌 계획대로 이루어지지 않는다는 것을 말이다. 계획대로 이루어지지 않았다고 해서 좌절할 필요는 없다. 어쩌면 우리의 인생은 수학하듯 단순히 숫자로 정의할 수 있는 것이 아닐지도 모른다. 10의 171제곱수의 경우의 수가 존재하는 바둑보다 더 많은 경우의 수가 존재하는 게 우리 인생이 아니던가? 참고로 우주에 존재하는 원자의 수가 10의 80제곱수라고 한다. 10의 171제곱수보다 더 많은 경우의 수가 존재하는 우리 인생을 몇 숫자로 정의를 내리려는 시도 자체가 어쩌면 어리석은 일일지도 모른다. 지금이라도 우리 인생에 숫자로부터의 해방을 허락해야 하는 이유다.

나는 집안의 장손이다. 아빠가 집안의 장남이고, 나는 아빠의 장남이다. 그래서일까. 올해부터 명절만 되면 할머니를 포함해 친척 어른들이 묻기 시작했다. "영원이는 여자 친구 없어?" 나는 이 질문이 결혼을 염두에 둔 질문임을 안다. 대학도 졸업했고, 일도 하고 있으니 이제 결혼을 준비해야 하지 않겠냐는 무언의 압박이 담긴 질문이다. 우리 사회에는 결혼 적령기가 정해져 있다. 물론 생물학적인 요소(산모와 자녀의 건강)까지 고려한 적령기이겠지만, 결혼 적령기의 기준은 사회가 아닌 개인에 맞춰 달라지는 게 자연스러운 일 아닐까? 실제로 1인 가구가 전체 가구의 40%를 넘기는 등 보편화가 이루어지며 20대 후반에서 30대 초반으로 간주하였던 결혼 적령기가 유명무실有名無實해지고 있다. 결혼 적령기는 없다고 생각하고, 나이와 상관없이 마음이 맞는 사람이 생겼을 때 결혼하겠다는 청년들이 늘어나고 있다. 실제로 내 주위에는 소위 결혼 적령기를 지났지만, 여전히 자신이 하고 싶은 일을 하며 만족스러운 삶을 살고 있는 지인들이 꽤 있다. 이들이 비혼주의자인 것은 아니다. 단지 아직 마음이 맞는 사람을 만나지 못했을 뿐이고, 그 사실에 있어 별다른 부담을 느끼지 않는다. 물론 재작년 대비 우리나라의 혼인 건수가 9.8% 감소하는 등 사회 전체적으로 놓고 봤을 때는 우려할 부분이 될 수도 있다.[5] 하지만 개인의 입장에서는 이러한 의식 변화가

5 https://www.nocutnews.co.kr/news/5831770

반갑다.

노자의 『도덕경』에는 '도가도비상도道可道非常道'라는 말이 등장한다. 말할 수 있는 도道는 늘 그러한 도가 아니다. 즉, 도(진리)는 말로 한정할 수 없음을 일컫는다. 나는 우리의 인생 역시 마찬가지라고 생각한다. 숫자로 설명할 수 있는 인생은 인생이 아니다. 우리의 인생을 숫자로 정의하기에는 한계가 있다. 어쩌면 삶을 간단한 숫자로 정의하려는 시도가 우리에게 편함을 줄지도 모른다. 하지만 정말 가치 있는 건 숫자 밖에 있는 것인지도 모른다. 내 인생에 숫자를 지우자. 내 인생의 가치는 숫자로 셈할 수 없다.

내 마음에 귀 기울여야 하는 이유

"영원 엄마는 자식들만 봐도 배부르겠어."

어렸을 때부터 친척 집을 방문하면 어른들은 항상 엄마에게 위와 같이 말했다. 교회를 가던, 학부모 모임을 가던, 우리 집을 아는 어른들은 항상 위와 같이 말했던 것 같다. 어렸을 때는 마냥 이 말이 좋았다. 그 말을 들은 엄마의 얼굴에는 뿌듯함과 미소가 가득했고, 그 모습을 보는 것 자체가 기뻤기 때문이다. 나는 엄마가 계속 이 말을 들을 수 있도록, 집에서는 좋은 아들이자 좋은 형으로, 학교에서는 모범 학생으로 지내기 위해 노력했다. 예의 바른 아이, 착한 아이로 살기 위해 힘쓰다 보니 주변 사람들의 시선을 의식하는 일은 점차 내게 익숙해졌다. 내가 이 말을 하면 저 사람들이 어떻게 생각할지, 이 행동을 하면 저 사람들이 어떻게 느낄지 등을 항상 의식했다. 내가 그렇게 행동할수록 주변 어른들에게 나는 '어른스러운 아이', '섬세한 아이'가 되었다. 하지만 그때는 몰랐다. 내가 그렇게 행동할수록 나의 내면은 죽어가도 있었던 것을 말이다.

어느덧 주변 사람들의 감정을 생각하는 일은 내게 너무도 익숙한 일이 되었다. 하지만 정작 나의 감정에는 무관심한 나날이 반복되었다. 친구들과 같이 메뉴를 정할 때도 나는 내가 먹고 싶은 것을 말하지 못했다. 나는 영화가 보고 싶었지만, 오락실을 가고 싶다는 친구의 말에 영화의 '영'자도 선뜻 입 밖에 꺼내지 못하는 일이 다반사였다. 어느덧 나는 내가 좋아하는 것 혹은 싫어하는 것조차 명확히 밝히지 못하는 사람이 되어있었다. 한 번은 고등학생 시절 치아 교정을 위해 어금니 발치와 함께 큰 시술을 한 적이 있었다. 2시간 가까이 진행되는 치과 진료였다. 의사 선생님은 내게 아프면 오른손을 들라고 말했다. 하지만 나는 2시간 내내 단 한 번도 오른손을 들지 않았다. 아프지 않았던 것이 아니었다. 진료 중간 견디기 힘들 정도로 아플 때가 있었지만, 이 정도로 손을 들면 치과 의사 선생님이 번거로워하지 않을까? 라며 내가 아닌 치과 의사 선생님의 감정을 생각할 뿐이었다. 아플 때 아프다는 말조차 제대로 하지 못하는 그때의 성향은 아직도 조금 남아 있다.

우리 사회에는 다른 사람들을 생각하느라 정작 자신의 마음은 돌아보지 못하는 사람들이 많다. 돌이켜 보면 '최영원'이라는 사람 보다 '좋은 아들', '좋은 형'으로 살기 위해 애썼던 것 같다. 학교에서는 '착한 학생', 사회에서는 '착한 사람'으로 살기 위해 부단히 노력했다. '착한 아이 콤플렉스'라는 용어가 있다. 자신의 감정을 솔직하게 표현하지 못하고, 다른 사람에게 착한 사람으로 인정받기 위해 자신의 욕구나 소망을 억압하며 노력하는 사람을 일컫는 말이다. 그때는 몰랐지만, 나는 확실히 착한 아이 콤플렉스에 빠져있었다. 지금의 나는 모든 사람에게 사랑을 받는 것이 터무니없는 일이며, 불가능한 일임을 안다. 또한 모두에게 사랑받을 필요가 없다는 사실을 안다. 나는 모두에게 사랑받고 싶었던 것 같다. 우리 집안은 기독교 집안인데, 어렸을 때 매주 가정 예배를 드렸다. 가족들이 돌아가며 기도 제목을 나누는 시간이 있었는데, 그때 나는 "모든 사람들에게 사랑받게 해 주세요."라는 소원을 말했던 기억이 난다. 생각해 보면 왜 그렇게 모든 사람에게 사랑받고 싶었는지 잘 모르겠다. 모든 사람에게 사랑받기 위해서는, 내 감정 보다 타인의 감정에 귀 기울여야 했다. 다른 사람에게 나는 최고의 경청자였지만, 정작 나 자신에게는 최악의 경청 태도를 지닌 셈이었다.

아버지와 아들이 등장하는 드라마나 영화에는 아버지에게 인정받기 위해 평생 노력했지만, 결국 인정받지 못해 폭발하는 아들의 이야기가 종종 소재로 등장한다. 영화 〈군도〉에는 서자로 태어난 조윤이 평생 아버지의 인정을 갈구하다, 끝내 자신을 인정하지 않는 아버지 조원숙 대감을 죽이는 이야기가 나온다. 조윤은 평생 아버지의 기대를 위해 살았다. 타인의 기대를 위해 사는 것의 치명점은 끝내 그 기대를 충족시키지 못했을 때 발생한다. 타인의 기대를 위해 사는 사람은 그 기대가 무너졌을 때 자신도 무너져 내리기 쉽다. 기대가 무너진 충격으로 인해, 아버지를 죽이기에 이르는 조윤과 같이 충격적인 결말을 맞이할 수 있다. 타인의 기대가 아니라 자기 마음의 기준을 따라 사는 사람은 외부 충격에 의해 무너지지 않는다. 나는 20년 가까이 '좋은 아들', '좋은 형'이라는 기대에 따라 살았다. 흥미로운 사실은 정작 부모님이나 동생은 내게 이러한 기대를 강요하지 않았다는 것이다. 누구도 내게 이러한 기대를 강요하지 않았지만, 나는 자발적으로 '좋은 아들', '좋은 형'이라는 기대를 스스로에게 강요했다. 이러한 기대가 내게 오랜 기간 무거운 부담으로 자리 잡았었다는 사실을 알게 된 건, 정신건강의학과에 내원하게 되면서였다. 어느 날부턴가 내게 이상한 증상들이 나타났다. 단순한 일도 쉽게 결정하지 못하고, 결정을 위해 제자리를 배회하며 1시간 가까이 고민하는 일이 반복되었다. 중대한 일에 관한 고민이라면 이해가 될 법했다. 하지만 어떤 옷을 입을지, 외출 전 가방에는 무엇을 넣을지 등 아주 사소한 일에도 쉽사리 선택하지 못하는 모습을 보며 무언가 문제가 생겼음을 느꼈다. 태어나 처음으로 집 근처 정신건강의학과를 내원했다. 나와는 상관없는 곳이라고 생각했는데, OO정신건강의학과 이름이 적힌 슬리퍼를 신고 있는 스스로가 신기했다. 간단한 설문 검사와 함께 무슨 전기 검사(?)를 진행했다. 의사 선생님과의 상담 결과 '혼합형 불안 및 우울 장애' 진단을 받았다. 맙소사 내가 우울증이라니. 게다가 내 안에 이렇게 불안이 심했다니. 진단을 받고 집으로 돌아오는 길, 이 상황이 거듭 믿기지 않아 나도 모르게 실소를 했다. 의사 선생님은 내게 약을 먹지 않고는 지금 상황을 견디기 힘들 것이라고 말했다. 우울증과 불안 장애 증상을 진단받은 것도 싫었지만, 약을 먹는 건 더더욱 싫었다. 약을 입 안에 넣고 삼키지 않고 뱉기를 몇 번 반복했다. 하지만 나는 끝내 나의 상황을 받아들이기로 했다. 훗날 찾아보니 많은 우울증 환자들이 우울증 진단 후 자신의 상황을 부인하고 싶어 한다고 하더라. 나 역시 그랬던 것 같다. 오랜 기간 내 마음을 돌아보지 않고, 타인의 기대를 따라 살았던 결과 내 마음에 감기가 찾아왔음을 인정하기로 했다. 꾸준히 약을 먹으며 상담을 받았고, 나의 마음에 귀 기울이는 삶을 연습했다.

우리는 타인에게는 좋은 사람이 자신에게는 나쁜 사람이

될 수 있음을 알아야 한다. 타인에게는 한없이 관대하지만, 자신에게는 누구보다 엄격한 사람들이 있다. 나 역시 그랬다. 다른 사람에게는 관용을 실천하면서도 스스로에게는 숨막히는 완벽주의의 잣대를 들이댔다. 우리는 스스로에게 타인의, 혹은 세상의 기대를 강요하고 있지는 않은지 돌아보아야 한다. 또한 불필요하게 스스로를 향한 타인의 시선을 의식하는 삶을 살고 있다면, 돌이켜야 한다. 불교에는 다음과 같은 말이 있다.

> "타인이 널 어떻게 느끼는지는 네가 관여할 수 없는 것이다. 그러니 바꾸려 하지 말고 오로지 너의 인생을 살고 행복하여라."

우리가 할 일은 타인이 아닌 나의 마음에 귀 기울이고, 오로지 나의 인생을 사는 것이다.

완벽하지 않아도 괜찮아

오랜 시간 완벽주의자로 살아왔다. 대학교 2학년 때, 기말고사 준비를 전혀 하지 못한 적이 있었다. 비록 시험공부는 하지 못했지만, 평소 열심히 수업을 들었기 때문에 시험을 치면 최소한 B학점은 맞을 수 있는 상황이었다. 하지만 결국 시험장을 가지 않았다. 시험공부도 못 했고, 시험을 쳐도 만족할 만한 성적이 나오지 않을 것이라는 생각에 시험 치기 자체를 거부한 것이었다. 돌이켜 보면 이러한 성향은 평소 일상에서도 쉽게 찾아볼 수 있었다. 늦잠을 자는 바람에 수업 시간이 임박해 오는 것을 보고 바쁘게 집을 나갈 준비를 하다가도, 지금 출발해도 수업 시간에 지각을 할 수밖에 없는 상황이 오면, 아예 수업을 안 들었던 적이 다반사였다. 지각을 할 바에 아예 수업을 듣지 않겠다는, 조금 삐딱한(?) 완벽주의 성향 탓이었다. 완벽주의자들의 특징은 자신에게 매우 높은 기준을 설정한다는 것이다. 내가 정한 기준을 충족시키지 못할 것 같은 상황이 머릿속에 그려지는 경우, 아예 수행 자체를 포기해 버리는 극단적인 상황이 반복되었다. 완벽주의의 무서움은 흑백 논리에 있다. 나는 내게 100을 요구했고, 내게 80, 90은 0과 같았다. 100을 해내지 못하면 90도 0과 같다는 생각은 스스로 엄격한 자기 통제의 잣대를 들이대도록 만들었다. 그렇게 타인에게는 한없이 관대하면서도 스스로에게는 너무하단 생각이 들 정도로 엄격한 사람이 되었다.

지금이야 세상에 완벽한 사람은 없다고 믿는 나지만, 과거에는 스스로 완벽한 사람이 되기를 바랐다. 내가 집착했던 부분 중 대표적인 것은 바로 외모였다. 외모에서도 스스로 과할 정도의 높은 기준을 들이댔다. 그렇다 보니 자기 외모가 마음에 들 리 없었다. 머리 스타일이 마음에 들지 않은 날은 2시간 가까이 머리를 다시 감았다, 말리기를 반복하곤 했다. 피부에 트러블이 난 날에는 모든 외출 일정을 취소했다. 외출하다가 옷에 음식물 자국 등이 생기면, 다른 사람이 옷에 난 음식물 자국을 보고 나를 평가할 것 같다는 생각에 집으로 들어가 갈아입고 다시 나왔다. 길을 걷다 나보다 외적으로 뛰어난 것 같은 사람을 보면 자연히 나를 비교하게 되었다. 그렇다 보니 연예인들에 대한 관심이 자연히 줄었다. TV 속 잘생기고 멋진 연예인들을 보며 자신과 비교하는 일이 힘들었기 때문이다. 외모에 대한 생각 역시 흑백 논리를 벗어나지 못했다. TV 속 연예인들과 같은 외모가 아니면 의미가 없었다. 잘생기지 않아도 충분히 매력적인 사람이 있는데, 그 사실을 몰랐다. 내게도 분명 매력적인 모습이 있을 텐데도, 내 눈에는 그저 외적으로 부족한 사람으로 보일 뿐이었다. 한번은 2주간 진행되는 청소년 캠프에 대학생 멘토로 참석했던 적이 있다. 청소년 캠프에는 청소년, 강사 선생님, 대학생 멘토들이 함께 모여 진행되었다. 캠프가 끝이 나고 강사 선생님, 대학생 멘토들과 함께 고깃집에서 뒤풀이 자리를 가졌다. 술잔이

오가고 분위기가 무르익어가던 때쯤, 우연히 강사 선생님과 단둘이 앉아있게 된 순간이 있었다. 선생님은 내게 하고 싶은 말이 있어 보이는 눈치였다. 술기운이 조금 올라 보인 듯한 선생님은 대뜸 내게 "주변 사람들을 너무 신경 쓰지 마."라고 말했다. 솔직히 그 순간 조금 놀랐던 것 같다. 2주간 함께 캠프를 진행하며 나를 지켜보았는데, 내가 주변 사람들에게 어떻게 보일지를 계속 신경 쓰는 모습이 보였다고 말했다. 그러곤 내 눈을 빤히 쳐다보더니 말했다. "영원이 너는 네 모습 그대로 충분히 매력적인 사람인데, 너만 그 사실을 모르는 것 같아.", "굳이 너 자신을 포장하려고 하지 마. 그냥 네 모습 그대로 솔직하고 편해져도 될 것 같아." 진심이 느껴지는 선생님의 말에, 순간 너무 큰 위로를 받았다. 생각해 보니 너무 오랜 기간을 나 자신을 숨기며 살았다는 생각이 들었다. 내 외모의 작은 부분 하나하나가 다른 사람에게 어떻게 보일지를 으레 짐작하며 스스로를 포장했다. 갑자기 나도 충분히 매력적인 사람이라는 생각이 들었다. 카카오톡 프로필의 상태 메시지를 바꿨다. "꾸미지 않아도 있는 모습 그대로 충분히 매력적인 사람."

완벽주의 성향이 있는 사람은 타인이 자신을 어떻게 평가할지 두려워하는 경향이 있다. 나의 말과 행동으로 인해 타인에게 부정적 평가를 받을까 걱정한다. 타인의 평가를 의식하다 보니 자신의 작은 실수나 결함을 받아들이지 못한다. 완벽주의에서 벗어나기 위해 내가 한 것은 스스로를 평가의 대상으로 여기지 않는 것이었다. 〈내 아이디는 강남미인〉이라는 제목의 드라마가 있다. 외모 콤플렉스로 인해 한 성형 수술로 새로운 삶을 얻은 여자 주인공이 대학 캠퍼스 라이프를 겪으며 발생한 이야기를 다룬 드라마다. 드라마 주인공 강미래는 본인을 포함한 다른 사람들을 볼 때마다 습관적으로 외모를 평가하고 점수를 매긴다. 과거의 나 역시 습관적으로 스스로와 다른 사람을 평가하곤 했다. 그렇다 보니 나도 다른 사람이 이렇게 평가하면 어떻게 하지라며 불안해하곤 했다. 나는 습관적으로 나 자신과 타인을 평가하던 일을 그만뒀다. 우리는 평가의 대상이 아니다. 모든 사람은 존재만으로 인정받을 가치가 있다. 나는 나 자신이 다른 사람에게 나를 평가할 기회를 주지 않기로 했다.

모든 면에서 완벽해야 한다는 생각은 다른 누구도 아닌 나 자신을 힘들게 만든다. 자신에 대한 너무 높은 기대 수준은 나를 괴롭히는 행위와 같음을 알아야 한다. 모든 면에서 완벽하고 싶다는 마음이 불가능한 욕심인 것을 깨닫고 나자 삶이 편해졌다. 이제는 더 이상 내 외모에 집착하지 않는다. 나는 내 모습 있는 그대로를 받아들이기로 했다. 며칠 전, 주문 후 한 달 만에 수령한 새 구두를 신고 외출을 하는데, 길을 걷다 나도 모르게 짧은 철근 부속물을 발로 차게 되었던 적이 있다. 아파트 건설 공사 현장이었는데, 평소 빠른 보폭의 내가 아무 생각 없이 걷다 발에 차인 경우였다. 그랬던 바람에 깨끗하던 구두 윗부분에 큰 스크래치가 나고 말았다. 과거 옷이나 신발에 생긴 작은 얼룩만으로도 참지 못하던 성격의 나였다. 습관적으로 가던 걸음을 멈추고, 잠깐을 제자리에 서 있었다. 칠칠치 못하게 왜 덤벙대다 새 신발에 구멍을 냈냐며 자책이 들려고 했다. 하지만 이내 생각을 바꿨다. '그럴 수도 있지. 어차피 오래 신다 보면 이런 스크래치들은 계속 생길 거야. 괜찮아.'라며 가던 길을 계속 걸어갔다. 나는 작은 결함과 실수에 집착하는 사람이었다. 남들은 눈치채지 못할 만한 결함도 크게 보면서 그걸로 인해 자신의 가치를 깎아내리곤 했다. 하지만 이제 더는 작은 실수에 집착하지 않는다. 실수 없는 사람은 없으며, 실수 없이 성장하는 일이 불가능하단 사실을 깨달았기 때문이다. 완벽하지 않은 것이 자연스러운 것이라고 한다면, 자연스러움을 사랑하기로 했다. 인위적인 것에서는 느낄 수 없는 자연스러움만의 아름다움이 있지 않던가? 미국의 작가 브레네 브라운은 "완벽주의란 20톤의 방패를 질질 끌고 다니며 방패가 자신을 보호한다고 생각하는 것이다. 사실 방패는 우리가 날지 못하게 막는 족쇄에 불과하다."라고 말했다. 완벽해지려는 생각은 우리의 행복한 삶을 막는 족쇄에 불과하다. 당신을 얽매이게 한 완벽주의의 방패를 집어던져라. 완벽하지 않아도 괜찮다.

나를 죽이지 못한 실패는 나를 더욱 강하게 만든다

최근 영화 〈잡스〉를 봤다. 창업자이자 경영자로서의 스티브 잡스 외에 아빠이자 친구로서의 인간 스티브 잡스의 모습을 생각해 볼 수 있는 영화였다. 흔히 스티브 잡스를 생각했을 때 천재이자 위대한 혁신가를 떠올리는 사람들이 많다. 하지만 그와 그가 창업한 회사 애플이 얼마나 많은 실패를 했는지를 아는 사람은 그리 많지 않다. 그러한 실패를 통해, 위대한 천재 혁신가와 창조적 기업이 출현하게 된 사실을 주목하는 이는 별로 없다는 것이다. 독일의 철학자 니체는 "나를 죽이지 못한 것은 나를 더욱 강하게 만든다."라고 말했다. 실패는 스티브 잡스와 애플을 죽이지 못했다. 실패는 그를 더욱 강하게 만들었고, 결과적으로 세기의 발명품으로 인정받는 아이폰을 만들어낼 수 있었다. 『주역』이란 책에는 변역變易이란 말이 나온다. 변역의 뜻은 '변하지 않는 것은 없다'이다. 즉, 세상의 모든 것은 변화한다는 의미다. 성공해도 자만하거나 경거망동하지 말고, 실패해도 절망하거나 의기소침하지 않을 필요가 바로 여기에 있다. 성공도 실패도 계속 변하기 때문이다. 그래서 나는 "남들보다 빨리 실패하고, 그 실패로부터 배워 다시 도전하라."라고 말하는 사람들의 철학에 공감하는 바다.

아직 인생을 많이 살지 않아, 나보다 훨씬 큰 인생의 실패를 겪은 선배들이 많다는 걸 알고 있다. 하지만 나 역시 짧은 인생 중 겪었던 큰 실패가 있다. 20살이 되어, 남들은 재수, 삼수해서 들어가는 대학에 현역으로 합격했다. 그것도 4년 장학생으로 말이다. 그때까지만 해도 나는 앞으로 내 인생에는 꽃길만 있을 줄 알았다. 하지만 대학에 입학하고 나니, 내가 생각했던 대학 생활과는 달라도 너무 달랐다. 아니 어쩌면 대학 생활을 제대로 그려본 사실이 없었을지도 모르겠다. 고등학교 시절 내가 했던 건 공부뿐이었으니깐 말이다. 고등학교 공부와 다를 것 하나 없는 대학 교육에 큰 회의를 느꼈다. 대학교 2학년이 되어 주체할 수 없이 커져 버린 회의감에 아예 시험을 치지 않았다. 그 결과 학사 경고를 받았고, 그동안 받던 장학금과 앞으로 받을 예정이었던 장학금이 모두 잘리게 되었다. 너무 이른 시기에 감당하기 힘든 실패를 경험해서였을까. 대학교 4학년이 될 때까지 후회와 자책으로 대학 생활을 보냈다. 정해지지 않은 미래에 대한 불안 역시 나를 힘들게 했다. 어느 사법 고시 합격생이 "고시 생활 중 나를 그렇게까지 힘들게 했던 모든 것이 합격 수기의 '한 줄'에 지나지 않았다."라고 했던 말이 기억난다. 그런데 돌아보니, 내가 겪었던 실패 또한 이처럼 지금 내 책에 실린 하나의 '스토리'에 지나지 않았다. '인생사 새옹지마塞翁之馬'라는 옛말이 실감 나는 순간이었다. 나는 대학 시절의 실패가 지금 나를 더욱 강하게 만들었다고 믿는다.

학창 시절 『초한지』를 정말 재밌게 읽었다. 『초한지』에는 유방과 항우라는 두 인물이 등장한다. 중국 최초의 통일 왕조인 진나라가 멸망하자, 유방과 항우라는 두 인물이 천하를 두고 다툰다. 항우와 달리 유방은 출신도 미천하고, 싸울 때마다 번번이 패전을 거듭하며 시련과 역경을 겪는다. 쉽게 말해 유방은 번번이 싸움에서 패전하고, 항우는 단 한 번도 패전해 본 적이 없었다. 그런데 마지막 전투에서 딱 한 번 패전한 항우는 그 시련과 어려움을 이기지 못하고 자살을 택한다. 그렇게 유방은 천하의 주인공이 된다. 이미 여러 번의 실패로 실패에 대한 회복 탄력성을 기른 유방과 달리, 항우는 실패에 대한 유연한 태도가 부족했기 때문이었다. 1978년 노벨 평화상을 수상한 이집트 전 대통령 안와르 사다트는 다음과 같이 말했다.

> "거대한 시련은 인간 완성과 자기 인식의 기회를 제공한다."

실패를 굳이 찾아 겪을 필요는 없다고 생각한다. 실패는 아프고 힘들기 때문이다. 하지만 실패를 맞이했을 때, 그 실패를 어떻게 받아들이냐는 온전히 나에게 달린 것 같다. 누군가는 그 실패를 '완성'의 기회로 사용할 수도 있을 테니 말이다.

나는 앞으로도 많은 실패를 겪게 될 것을 알고 있다. 가능한 실패를 겪지 않기 위해 노력하겠지만, 실패가 두려워 도전하지 않는 삶을 살지는 않을 계획이다. 인생에서 단 한 번의 의미 있는 실패조차 발견할 수 없다는 건 사실은 가치 있는 시도를 전혀 하지 않았다는 반증이다. 실패해도 괜찮다. 실패하지 않고 어떻게 발전할 수 있단 말인가? 갓난아기가 태어나 걷게 되기까지 3만 번의 일어나는 시도를 한다고 한다. 그 말은 3만 번의 넘어지는 실패를 경험했다는 말이다. 우리는 모두 3만 번의 실패를 통해 지금 걸을 수 있게 되었음을 기억해야 한다. 3만 번의 넘어지는 실패를 두려워하지 않는 아기가 걸음마에 성공하게 되듯, 실패를 두려워하지 않는 사람은 진정한 나로 살 수 있게 된다. 실패를 두려워하지 말자. 긴 인생을 돌아볼 때 그 실패는 내 성공 일화의 '한 줄'에 지나지 않을 것이다.

지금 이 순간, 나의 현재에 충실해지기로 했다

나는 항상 지난 중학교 시절, 고등학교 시절, 대학교 1학년 시절 등 흘러간 과거를 생각하고 그리워했다. 그때로 다시 돌아갈 수 있으면 얼마나 좋았을까 하고 말이다. 몇 년 전까지만 해도 대학교 3학년 시절, 서울교육대학교 입시를 다시 봤던 순간으로 돌아가고 싶어 했다. 최종 합격에도 23살이라는 나이에 신입학한다는 부담으로 학교를 옮기지 않았는데, '그때 그냥 교대 갈걸.'이라는 생각을 많이 했다. 중학생 때부터 꿈꿔왔던 서울교육대학교에 드디어 합격하고, 신입생 카카오톡 단체 채팅방에서 이야기 나누던 걸 캡처해 놓은 옛날 사진을 보고 후회하곤 했다. 막연한 동경이었을까. 아니면 기대였을까. 사실 연세대학교에서의 대학 생활은 그다지 만족스러운 기억으로 남아있지 않다. 지방에서 혼자 서울로 올라온 나는 1학년 때부터 아르바이트를 하며 생활비를 벌었어야 했다. 그렇다 보니 동기들은 마음껏 놀 때도 아르바이트와 과외 등으로 인해 신입생만의 특권을 누리지 못했다. 한 번은 평일 내내 잡힌 아르바이트 일정으로 인해 원하던 동아리 가입을 하지 못해 크게 낙심했던 적도 있었다. 나는 평소 연극과 뮤지컬을 좋아해 즐겨 보러 다니곤 했다. 학교에서 중앙 뮤지컬 동아리 신입 단원을 모집한다는 소식을 듣고 가장 먼저 모임과 연습 일정을 확인해 보았지만, 연습량이 많은 동아리 특성상 도저히 참여가 불가능했다. 너무 들어가고 싶었던 동아리였지만, 그렇게 지원조차 하지 못했고 친한 친구에게 신세 한탄을 했던 기억이 있다. 서울교육대학교로 학교를 옮겼다면, 1학년 때부터 만족스러운 대학 생활을 할 수 있었을 것이라는 기대감이 있었던 것 같다. 또한 나는 대학에서의 평가 방식이 싫었다. 달달 외운 걸 평가하는 시험이 싫었다. 이렇다 보니 시험공부에 대한 동기부여가 전혀 되지 않았고, 동기들에 비해 만족스러운 학점을 받을 수 없었다. 그래서 이 모든 걸 갈아엎고 싶었던 것 같다. 어쩌면 초등 교사가 되고 싶다는 본질적인 이유보다, 대학 생활을 새로 고침하고 싶다는 욕구가 더 컸던 것 같다. 과거를 그리워하며 얽매이는 것을 그만둔 건 우연히 영화 『미드 나잇 인 파리』를 보고 난 후부터였다. 영화 끝부분에서 남자 주인공 길 펜더가 이야기한 아래 대사에 깊은 깨달음을 얻었기 때문이다.

> "여기 머물면 여기가 현재가 돼요. 그럼 또 다른 시대를 동경하겠죠. 상상 속의 황금시대. 현재란 그런 거예요. 늘 불만스럽죠. 삶이 원래 그러니까."

영화 속에 등장하는 1920년대 여인 아리아드나는 1890년대 벨에포크 시대를 동경한다. 하지만 1890년대 벨에포크 시대를 살고 있는 예술가 폴 고갱은 르네상스 시대를 동경한다. 이처럼 현재는 그렇게 늘 불만스럽게 느껴진다. 폴 고갱의 현재가 아리아드나에게는 황금시대였듯, 나의 현재는 다른 누군가에게는 황금시대일지도 모른다는 생각이 들었다. 이런 생각을 하자 지금 나의 환경이 그리 나쁜 상황이 아닐 수도 있겠다는 생각이 들었다. 한 편으로는 내가 지금 동경하는 것이 정말 황금시대가 맞을까라는 생각이 들었다. 만약 진짜 24살에 교대에서 대학 생활을 새로 시작한다고 했을 때 나는 만족하며 살고 있었을까? 내가 연세대학교에서의 지난 대학 생활이 만족스럽지 못한 건 어쩌면 그럴 만한 이유가 있었던 것일지도 모른다. 지금 다시 대학에 입학한다고 하더라도 동일하게 적용될 만한 어떤 이유 말이다. 영화를 보고 여운에 더 머물러 있고 싶어 리뷰를 찾아보다 공감이 가는 글을 하나 발견했다.

> "황금시대가 아름답게 느껴지는 건 내가 살고 있는 현재가 아니기 때문에 아픔도 괴로움도 없고, 동경할 수 있어서가 아닐까?"

글을 읽고 이마를 쳤다. 그랬다. 과거가 아름답게 느껴지는 건 내가 사는 현재가 아니기 때문이다. 현재가 아니므로 고민도 불안도 없다. 분명 과거 그 당시에는 많은 고민과 불안을 경험했음에도 말이다. 현재는 늘 불만족스러운 것이다. 유독 나에게만 그런 것이 아니다. 오늘을 살아가는 모두에게 그렇다. 과거 역시 과거의 현재였기에 그조차 불만족스러운 현재의 일부였다. 다만 시간이 흘러 우리가 기억하지 못할 뿐이다. 시간 여행을 소재로 한 영화들이 종종 나온다. 만약 우리에게 과거로 돌아갈 수 있는 능력이 있다면 우리는 과연 행복할까? 분명한 건 완벽주의 성향을 지닌 나는 무언가 실수를 했을 때마다 과거로 돌아가 실수를 바로잡으려 했을 것이라는 거다. 어쩌면 내 삶은 완벽히 나에게 통제되었을지도 모르겠다. 지난 과거를 돌이켜 볼 때 바로잡고 싶은 순간이 없는 사람은 아마 없을 것이다. 삶은 성장을 바탕으로 한다. 우리가 실수할 때마다 과거로 돌아가 바로잡을 수 있었다면, 우리는 실수와 실패를 통해 경험할 수 있는 성장의 기회를 영원히 빼앗겨 버렸을지도 모른다. 어쩌면 우리의 삶이 아름다운 건 되돌릴 수도, 다시 경험할 수도 없기 때문이 아닐까? 시간 여행이 가능해지면 우리는 더 이상 우리 삶을 아름답게 여기지 않을지도 모르겠다는 생각을 해본다. 중요한 건 우리 현실에서는 시간 여행이 불가능하다는 것이다. 우리가 할 수 있는 일은 과거가 좋았다며 과거를 지향하는 황금시대 사고의 오류를 버리는 것이다. 황금시대는 다른 데 있지 않다. 바로 지금이 나의 황금시대이다. 과거로 돌아가면 과거는 또 다른 현재가 될 것이고, 우리는 또 다른 과거를 꿈꾸게 될 것이다. 결국 행복은 늘 불만족스러운 현재에서 만족을 찾으며 사는 우리의 노력에 달린 것 같다. 과거가 아름답게 느껴지는 이유는 과거는 현재가 아니기 때문이다. 과거라는 이름에 그 당시 존재했던 모든 고민과 불안이, 아픔과 괴로움이 묻히기 때문이다. 우리가 할 수 있는 최선은 지금 이 순간을 즐기며 사는 것이다. 나는 지금 이 순간 나의 현재에 충실해지기로 했다.

2장

나답게 관계 맺으며 살고 있습니다

인간관계를 이상화하지 말 것

20살 이후 이상하게도 인간관계가 어렵게 느껴졌다. 나는 특별히 모난 성격을 지닌 것이 아니라, 웬만한 부류의 사람들과 다 잘 지낸다. 고등학생 시절, 우리 학교에는 1~3학년 전 학년들을 합쳐 1,200명 정도의 학생이 있었다. 조금 과장을 보태면, 나는 1,200명의 학생들과 모두 잘 지냈다. 실제로 전교 학생회장으로 활동했던 나는, 학교의 모든 학생들에게 알려져 있었다. 학교에 다니며 눈이 맞은 학생들과는 선후배 할 것 없이 웃으며 인사를 나눴다. 심지어 소위 학교에서 '노는 학생'이라고 불리는 친구들과도 거리낌 없이 인사를 나누는 내 모습을 보며 친한 친구들은 '왜 저런 애들까지 친하게 지내냐?'며 불만을 표하곤 했다. 이렇듯 인간관계를 맺는 데 별다른 어려움이 없는 나이지만, 성인이 된 후 가장 어려운 것 중 하나가 인간관계가 되었다.

나는 오랜 기간 단짝 친구, 소위 이야기하는 베프(베스트 프렌드, Best Friend)가 없었다. 정확히 말하자면, 스스로 베스트 프렌드라고 생각하는 친구가 없었다. 생각해 보면 초등학생 때까지는 스스로 단짝이라고 느끼는 친구가 있었던 것 같다. 중고등학교 내내 친하게 지낸 친구, 대학에서 4년간 친하게 지낸 친구 등이 있지만, 이상하게도 내 성에(?) 차지 않았다. 지금 돌이켜 보면 나는 친구들을 지나치게 이상화했다. 나는 나와 친한 친구들이 나를 좋아하는 것을 알고 있었다. 그런데 나는 친구들에게 나를 좋아함과 동시에 나의 입맛에 맞는 단짝 친구의 모든 요건을 갖추기를 속으로 요구했다. 이미 친구로서 나를 좋아하고, 그 사람은 있는 그대로 존중받을만한 사람인데 나는 그러지 못했던 것이다. 나는 '나의 베스트 프렌드가 되려면 이러이러한 조건을 갖춰야 해.'라는 기준을 가지고 친구들에게 합격 불합격 표를 제시했다. 그렇다 보니 1,200명의 친구들과 잘 지내면서도 정작 베스트 프렌드라고 손에 꼽을 수 있는 친구 한 명 없는 사람이 되었다. 한 번은 중고등학교 내내 붙어 다니던 친구들이 나를 부르더니 대뜸 서운하다고 말했다. 이게 무슨 소린가 싶어 이야기를 들어보니, 자신들은 나를 베스트 프렌드라고 생각하고 대하는데, 내가 자신들을 대하는 걸 보면 별로 친하지 않은 친구들을 대하는 것과 큰 차이가 없게 느껴진다는 것이었다. 곰곰이 생각해 보니 친구들의 말이 맞았다. 당시 나는 모든 친구들에게 친절한 사람이었고, 나와 친한 친구들이 느끼기에는 서운해할 만하겠다는 생각이 들었다. 하지만 당시 친구들에게 내가 본인들을 베스트 프렌드로 생각하지 않는다는 말은 차마 할 수 없었다. 어쩌면 나에게는 이미 소중한 베스트 프렌드가 있었는지도 모른다. 베스트 프렌드를 얻기 위해 내게 필요한 건 마음의 문을 여는 것이었다. 마음의 문을 열고 상대방의 있는 모습 그대로를 받아들이는 것이 필요했다. 하지만 나는 내 마음의 문을 열기보다는 상대방은 나와 맞지 않다며 결점을 찾고 속단하기에 바빴다. 어쩌면 내 기준에 맞는 완벽한 친구란 존재하지 않을지도 모르는데 말이다.

인간관계를 이상화하는 건 친구들에게만 해당하는 것이 아니었다. 나는 어느덧 부모님을 이상화하고 있는 자신을 발견하게 되었다. 성인이 되기 전까지는 그냥 살았던 것 같다. 특별히 나의 부모님을 이상화의 대상으로 삼지는 않았다. 하지만 20살이 되고 집을 떠나 혼자 살게 되면서부터였을까. 나는 우리 부모님을 이상화하기 시작했다. 다른 부모님들과 비교를 한 건 아니었다. 자신을 향해 "나는 이러이러해야 해." 라고 기준을 세우듯 우리 부모님을 놓고도 여러 이상화된 기준을 세웠다. 현재를 살아가는 한 인간의 모습은 그가 살아온 환경에 의해 결정된다. 지금 나의 부모님 역시 그들이 살아온 지난 삶의 결정체라 말할 수 있다. 내가 알기로 우리 부모님 두 분은 열심히 인생을 사셨다. 내가 이렇게 잘 성장할 수 있었던 것 역시 나의 부모님이 누구보다 열심히 인생을 살았기 때문이다. 그런데 나는 20살 이후 이전보다 조금 나은 생활을 경험했다고, 현재 부모님의 삶을 멋대로 재단했다. 사실 나의 부모님에게는 달라진 것이 없었다. 나의 두 눈이 높아졌을 뿐이었다. 이미 누구보다 열심히 인생을 살아가고 있는 부모님께 무엇을 더 바랄 수 있단 말인가? 나는 내가 내 부모님을 이상화된 눈으로 바라봤음을 인정하기로 했다. 그리고 있는 모습 그대로 부모님을 받아들이는 연습을 시작했다. 과거부터 한결같이 열심히 살고 계시는 두 분께 감사하며 말이다.

인간관계는 당연하게도 혼자 하는 것이 아니다. 인간관계가 혼자 하는 것이 아니라는 말의 뜻은 관계의 대상인 상대방을 있는 모습 그대로 인정하는 것에서부터 인간관계가 시작된다는 것을 의미한다. 우리는 우리가 관계 맺고 있는 상대방을 지나치게 이상화하고 있는 것은 아닌지 돌아보아야 한다. 사람은 모두 다르다. 사람마다 모두 다름을 지니고 있다는 사실을 깨달을 때 인간관계는 보다 편해질 수 있다. 최근 KBS의 〈오케이? 오케이!〉 방송을 보다 오은영 박사가 한 소상공인의 고민을 상담해 주는 모습을 우연히 봤다. 상담의 주인공이 자기 통제력이 강한 완벽주의자라는 점에서 나와 비슷하다는 생각에 계속 영상을 시청했다. 오은영 박사는 "사장님은 완벽주의자인 것 같다. 완벽주의자는 완벽하기 위해 본인을 굉장히 많이 통제한다. 문제는 타인까지 통제하려는 면이 생기는 거다."라고 말해주었다. 이야기를 들으며 크게 공감했다. 친구들과 부모님을 이상화하려고 했던 시도 이면에 그들을 통제하려는 마음이 있었음을 깨달았기 때문이다. 다른 사람의 성격, 행동 등은 우리가 통제할 수 있는 영역이 아니다. 우리는 다른 사람을 통제하려는 시도를 중단해야 한다. 독일의 신비사상가 토마스 아 켐피스는 말했다.

> "타인을 자신이 원하는 대로 만들 수 없다고 해서 분노하지 마라. 왜냐하면 당신도 당신이 바라는 모습으로 자신을 만들 수 없기 때문이다."

우리는 다른 사람들을 변화시킬 수 없다. 우리가 할 수 있는 건 단지 자신을 변화시키는 것뿐이다. 토마스 아 켐피스의 말처럼 자신을 변화시키는 것조차도 쉽지 않은 일일 수 있다. 우리는 모두 자기 모습 그대로를 인정받으며 살아가고 싶어 한다. 다른 사람들의 모습을 있는 그대로 인정하자. 타인을 있는 그대로 받아들일 때 우리가 맺는 인간관계는 보다 편해질 것이다.

나 자신을 응시하면서 매력을 만들어 내는 사람

몇 년 전, 괴상한 제목 탓에 듣자마자 고개를 갸우뚱하게 했던 개봉 영화가 있었다. 바로 우시지마 신이치로 감독의 〈너의 췌장을 먹고 싶어〉였다. 췌장을 먹고 싶다니……. 췌장은 스티브 잡스를 죽게 만든 췌장암의 그 췌장 아니던가? 제목이 잊히지 않아 찾아보니 동명의 소설을 원작으로 한 영화였다. 원작 소설을 바탕으로 한 영화의 경우 꼭 소설을 먼저 읽어보는 취미가 있는 나는 당장 도서관에 가 읽기 시작했다. 〈너의 췌장을 먹고 싶어〉는 췌장에 생긴 병으로 시한부 인생을 선고받은 어느 여고생과, 그녀의 비밀을 우연히 알게 된 남자 클래스메이트 간의 이야기를 담고 있다. 밝은 성격으로 학교 친구들 사이에서도 인기가 많은 여자 주인공 '사쿠라'는 병에 걸렸지만, 가족을 제외한 어느 누구에게도 본인의 병에 대해 이야기하지 않는다. 남자 주인공 '하루키'는 조용한 성격으로 다른 사람에게는 관심이 없는 편이다. 아니, 아예 없다. 타인에게 관심이 없는 하루키는 그와 달리 타인에게, 특히 하루키에게 관심이 많은 사쿠라와 지내며 조금씩 변해가는 자신의 모습을 발견한다. 소설을 읽으며 가장 먼저 느낀 것은 남자 주인공 하루키에 대한 왠지 모를 공감이었다. 물론 나는 그와 달리 다른 사람들에게 전혀 관심이 없지 않다. 다만 나로 하여금 공감하게 만든 건, 다음 사쿠라의 대사로 알 수 있는 하루키의 모습이었다.

"물론 지금의 내 인생은 최고로 행복해. 하지만 주위에 사람들이 없어도 단지 자신 혼자만의 인간으로서 살아가는 너를 나는 동경했어. 내 인생은 항상 주위에 누군가 있다는 것이 전제였어. 어느 순간에 문득 깨달았어. 내 매력은 내 주위에 있는 누군가가 없어서는 성립하지 않는 것이라고……. 그게 '내게 있어서의 산다는 것'이야."

"하지만 너는, 너만은 항상 너 자신이었어. 너는 타인과의 관계가 아니라 너 자신을 응시하면서 매력을 만들어내고 있었어."

성인이 된 이후 깨닫게 된 것이지만, 나는 학창 시절 '자발적 아웃사이더'였다. 요즘 말로 하면 '자발적 아싸' 정도로 표현할 수 있겠다. 학창 시절 반장, 부반장 등을 놓치지 않았고, 고등학교 때는 전교 학생회장도 맡았지만, 나는 이러한 직함에 어울리지 않게 꼭 자발적 아웃사이더를 추구했다. 학창 시절, 매점이나 화장실을 갈 때 꼭 친구들과 같이 가야만 하는 친구들이 있었다. 아니, 대다수의 사람이 그랬다. 내 눈에 그들은 친구가 없이 혼자서는 아무것도 할 수 없는 사람들처럼 보였다. 그 후로 수년이 넘게 흘러, 대학에서, 또 군대에서 경험한 것 역시 크게 달라지지 않았다. 물론 나는 사람들과 함께 식사하는 것을 즐기고 또 원한다. 하지만 많은 사람들처럼 혼자 식사하러 가는 것을 굳이 어려워하지 않는다. 대학교 2학년쯤이었나. '혼밥'이라는 말이 우리 사회에 유행하기 시작했던 것으로 기억한다. 하지만 나는 자랑스럽게도 혼밥이라는 말이 유행하기 훨씬 전부터 혼밥을 실천하던 사람이었다. 혼밥 문화가 사회에 새로운 트렌드로 자리 잡으며, 인터넷상에 '혼밥 레벨' 테스트가 돌아다니기 시작했다. 1~9단계로 이루어진 테스트인데, 예를 들어 레벨 1은 '편의점에서 밥 먹기', 레벨 2는 '학생 식당에서 밥 먹기', 레벨 8은 '고깃집, 횟집에서 먹기', 레벨 9는 '술집에서 술 먹기' 순으로 난이도가 올라간다. 평소 술을 마시지 않는 나는 레벨 8에 해당했다. 만약 술을 마셨다면 레벨 9에 해당했을 거라는 사실이 못내 아쉬웠다. 이처럼 나는 혼자 문화에 최적화된 사람이었다. 내가 이렇듯 내 과거에 대한 이야기를 털어놓는 것은 〈너의 췌장을 먹고 싶어〉에 등장하는 하루키의 모습과 내 모습 사이에서 느껴지는 묘한 동질감을 이야기하기 위해서다. 가끔 나는 주위에 사람들이 없어도 단지 혼자만의 인간으로서 살아가는 내 모습에 혹시 뭔가 문제가 있는 것은 아닐까 하는 생각을 하곤 했다. 원래 다수의 집단에서 소수의 다른 행동은 이상한 것으로 치부되기 쉽지 않던가. 하지만 똑같은 내 모습을 두고 사쿠라는 '타인과의 관계가 아닌 나 자신을 응시하면서 매력을 만들어낼 줄 아는 사람'으로 표현하고 있는 것이었다. 영화를 보며 생각지 못한 위로와 안심을 경험했던 순간이었다.

혼자를 유독 견디지 못하는 사람들이 있다. 이 사람들은 대개 다른 사람들과 같이 있을 때 에너지를 얻는 경우가 많다. 최근 국민들의 관심이 높아진 MBTI로 분류하자면 E(외향형) 유형의 사람들이 이에 해당한다. 물론 사람들과 함께 있을 때 에너지를 얻는 것과, 혼자 있을 때 에너지를 얻는 것 중 어느 것이 우위에 있다는 판단을 내릴 수는 없다. 다만 혼자 있는 것을 유독 두려워한다면 문제가 될 수 있다. 이들은 혼자인 상태를 견디지 못해 계속해서 친밀한 관계를 맺을 사람을 찾는다. 토머스 화이트맨과 랜디 피터슨은 『사랑이라는 이름의 중독』에서 관계 중독을 사랑 중독과 사람 중독으로 구분해 설명한다. 그들에 의하면 사랑 중독은 사랑의 낭만성을 추구하며 관계에 집착하는 유형이며, 사람 중독은 특정인에 대한 애착이 강해 그를 통해서만 행복을 느끼는 유형이다. 물론 끊임없이 친밀한 관계를 추구하는 것은 전혀 잘못되지 않았다. 하지만 나로 온전히 살아가기 위해 관계에 지나치게 의존한다면 위험할 수 있음을 알아야 한다. 나는 주위에 사람들이 없어도 자신 혼자만의 인간으로 살아갈 수 있는 삶을 동경한다. 주변에 누군가가 있어야만 내 삶을 살아갈 수 있다면, 그 삶을 두고 과연 주체적인 삶이라 할 수 있을까? 〈너의 췌장을 먹고 싶어〉 사쿠라의 말처럼, 타인과의 관계가 아니라 나 자신을 응시하면서 매력을 만들어내는 사람으로 살고 싶다.

타인과의 비교로 나를 괴롭히고 있진 않은가?

꽤 오랜 기간 페이스북, 인스타그램 등의 SNS를 사용하지 않았다. 주변 사람과의 비교 때문이었다. SNS를 하다 보면 나 자신과 다른 사람들을 비교하게 되고, 나의 현재 삶에 만족하지도, 감사하지도 않게 되는 것을 여러 번 경험했다. 비교할 사람이 넘쳐나는 세상이다. 남들과의 비교는 나를 작게 만든다. 나는 타인에게는 관대하지만 스스로에게는 엄격한 사람이었다. 다른 사람이 보기에는 성공처럼 보이는 일도, 내게는 그저 부족하게만 느껴졌다. 나의 시선이 나보다 앞선 사람들을 향했기 때문이다. 온라인상에는 뛰어난 사람들이 참 많다. 그들의 존재는 우리에게 좋은 영감과 도전의 씨앗이 되곤 한다. 하지만 때때로 그들과의 비교는 우리를 작고 초라하게 만들기도 한다. 나 역시 그랬다. 온라인상에서 활동하며 나보다 뛰어난 사람들을 참 많이 만났다. 그들을 벤치마킹하고, 어떻게 하면 나 역시 그와 같이 될 수 있을까 여러 번 고민했다. 그리고 그 결과 좋은 결과물을 여러 번 낼 수 있었다. 하지만 나는 오랜 시간 그들과의 비교로 스스로를 힘들게 하기도 했다. 나는 현재 내가 잘하는 걸 하면 되는데 조급한 마음이 들었던 것 같다. 나도 빨리 내 앞의 뛰어난 사람처럼 되고 싶었다. 가만히 생각해 보면 내게는 분명 여러 가지 이룬 결과물이 있었다. 하지만 비교는 이러한 결과물을 보이지 않게 만들었다. 분명히 작은 성공들을 이룬 것인데, 그 성공조차 실패로 여기게 만든 것이다. 누군가 그랬다. 비교는 불행해지는 가장 쉬운 방법이라고 말이다. 나는 요즘 의식적으로 남들과 나 자신을 비교하지 않기 위해 노력 중이다.

얼마 전 어느 젊은 작가의 북토크에 참여하고 왔다. 나와

1살 밖에 나이 차이가 나지 않는 작가였는데, 출간한 책도 베스트셀러가 되고 운영 중인 사업도 나날이 발전해 나가고 있었다. 문득 해당 작가와 스스로를 비교하고 있는 내 모습을 발견했다. '나도 1년 후에는 저 작가처럼 베스트셀러도 출간하고, 큰 수익을 내는 사업가가 될 수 있을까?'라며 마음이 조급해졌다. 내게는 분명 나만이 잘할 수 있는 일이 있다. 그리고 이 일로 성공할 자신감도 있다. 그냥 꾸준히 그 일을 해나가면 된다. 비교는 성공조차 성공이 아닌 것으로 만든다는 것을 깨달았다. 젊은 작가와 스스로를 비교하려는 마음을 내려놓았다. 나의 시선이 타인에게 향해 있으면 자신의 성장에 몰입할 수 없다. 내가 하고 있는 일의 확신 역시 얻을 수 없다. 그런 점에서 비교란 참 무서운 거다. 비교는 성장을 막는다. 그래서 성장하고자 하는 사람은 타인과 자신을 비교해서는 안 된다. 만약 주변 사람들과의 비교로 힘들다면 잠시 비교를 느끼게 하는 환경에서 벗어나는 것도 괜찮다. 가령 SNS를 사용하지 않거나, 의도적으로 비교 대상을 향한 관심을 끊는 것이다. 비교하지 않기 위해서는 의식적인 노력이 필요하다. 나 역시 비교하지 않기 위해 항상 의식적으로 노력하는 중이다. 헤르만 헤세는 말했다.

"중요한 일은 다만 자기에게 지금 부여된 길을 한결같이 똑바로 나아가고, 그것을 다른 사람들의 길과 비교하거나 하지 않는 것이다."

비교하지 말자. 타인이 아닌 자신에게 온전히 집중하자. 당신은 비로소 삶의 풍요로움을 느끼게 될 것이다. 혹자는 말한다. 비교는 불행해지는 가장 확실한 지름길이라고. 나보다 뛰어난 사람을 보면 나도 모르게 비교하게 되고 위축되곤 하는 것 같다. 그 사람의 현재 모습이 있기 위해서 과거의 많은 시행착오들이 있었을 텐데도 그러한 사실은 쉽게 잊혀진다. 나보다 잘하는 사람과 비교하면서 스스로를 괴롭히지 말자. 정문정 작가의 『무례한 사람에게 웃으며 대처하는 법』에는 다음과 같은 말이 나온다.

"내 인생은 롱테이크로 촬영한 무편집본이다. 지루하고 구질구질하게 느껴진다. 반면 다른 사람의 인생은 편집

되고 보정된 예고편이다. 그래서 멋져 보이는 것이다."

SNS에 올라오는 다른 사람들의 삶이 멋져 보이는 것은, 그것이 그들이 다른 사람에게 보이고 싶은 그들의 모습을 올리기 때문이다. 그리고 우리는 그들의 실제 삶이 어떤지와는 상관없이 그들이 보이고 싶어 하는 모습을 보고 비교하고 상심한다. 편집되고 보정된 타인의 예고편 인생을 보고 나의 롱테이크 무편집본 인생을 저평가하지 말자. "인생은 멀리서 보면 희극, 가까이서 보면 비극."이라는 찰리 채플린의 말도, "그 사람의 신발을 신고 오랫동안 걸어보기 전까지는 그 사람을 판단하지 말라."는 옛 인디언의 격언도 타인과의 비교로 스스로를 괴롭힐 필요가 없음을 깨닫게 한다. 더 이상 타인과의 무의미한 비교로 자신을 괴롭히지 말자.

좀 더 주변을 돌아볼 줄 아는 사람이 되고 싶다

지음知音이라는 단어가 있다. 마음이 서로 통하는 친한 벗을 비유적으로 이르는 말이다. 내게는 지음知音과 같은 지인이 있다. 지인 A는 영어 콘텐츠로 인스타그램, 유튜브, 틱톡 채널을 운영한다. 채널의 팔로워 수를 모두 합치면 90만 명에 달하는 인플루언서다. 종종 A에게 "내가 가고자 하는 길을 먼저 가고 있는 것 같아. 잘 따라가는 중이야."라는 말을 한다. 실제로 몇 년 전 A가 첫 책을 출간했을 때 나는 책 출간을 꿈꾸는 예비 작가였다. 하지만 현재는 세 번째 책 출간을 앞둔 작가가 되었다. 서로가 하고자 하는 일을 이해하고 지지해 줄 수 있는 사람이 있다는 건 축복이다. 흔히 사람이 재산이라는 말을 하곤 한다. 과거의 나는 이 말을 이해하지 못했다. 하지만 현재의 나는 이 말이 무엇을 의미하는지를 잘 안다. 지인과 같은 사람을 만난 것에 진심으로 감사한다. 새해 소원이 있다면, 내게 이러한 사람이 더 많아지는 것이다. 나아가 나 또한 다른 사람에게 지음知音이 될 수 있기를 바란다.

내게는 인생에서 중요하게 여기는 가치 3가지가 있다. 일, 건강, 그리고 인간관계다. 솔직히 고백하자면 3가지 중 가장 어려움을 겪는 건 바로 인간관계다. 워커홀릭까지는 아니지만 스스로 일을 중요하게 여기는 사람이라 생각한다. 정확히는 나라는 개인의 성장을 중요하게 여긴다. 그래서일까 언제부턴가 일과 인간관계의 균형을 유지하는 게 어렵다고 느끼기 시작했다. 일에 집중한 나머지 주변을 못 돌아본다는 생각을 하기 시작한 것이다. 가끔 그런 상상을 한다. 원하는 정점에 도달했을 때 그 순간을 함께할 사람이 없다면 성공이 무슨 의미가 있을까. 얼마 전 역삼역 인근에서 출간 기념회를 열었다. 가족들과 가까운 지인 15명 내외가 모인 조촐한 자리였다. 사실 출간 기념회 소식과 함께 초청 연락을 하기 전 누구에게 연락해야 할지 고민을 많이 했다. 중요한 자리인 만큼 나와 가까운 사람이 누가 있는지 돌아보게 되었던 것 같다. 그렇게 부모님, 동생, 대학교 친구, 고등학교 친구 등 현재 나와 가장 가깝다는 사람들이 모이게 되었다. 많은 인원이 모인 것은 아니었지만, 가까운 지인이 모두 모인 자리는 기대 이상으로 뜻깊었다. 출간 기념회가 끝나고 문득, '아, 이런 것이 행복이구나.'라는 생각이 들었다. 그리고 오늘과 같이 축하할 일이 있을 때, 함께 진심으로 축하해 줄 수 있는 사람이 있다는 사실이 얼마나 감사한 일인지도 깨닫게 되었다. 반면 나에게는 슬픈 일이 있을 때 진심으로 위로해 줄 수 있는 사람이 몇 명이나 있을까라는 생각을 해보게 되었다. 몇 년 전 『내가 죽으면 장례식에 누가 와줄까』라는 제목의 책이 화제가 되었던 적이 있다. 아마 제목이 말하듯 진솔한 인간관계에 관한 고민이 있는 독자들의 많은 관심과 사랑을 받은 듯하다. 종영한 지 4년이 흘렀지만, 지금까지도 유튜브에서 많은 사람들의 사랑을 받는 예능 프로그램 〈무한도전〉이 있다. 〈무한도

전〉 짝꿍 편에서 유재석은 정준하에게 "친구란 뭐예요?"라는 질문을 한다. 다음은 그때 방송되었던 대화의 일부다.

유재석 : "친구란 뭐예요?"

정준하 : "제가 죽었을 때…… 무덤에서…… 진심으로……"

박명수 : "죽어!!! 죽어야 묻어줄 거 아니야!!"

정준하 : "무덤에서 진심으로……"

박명수 : "아주 깊게 묻어줄게! 죽어!! 네가 죽으면 묻어 달라며!!"

정준하 : "죽으면…… 무덤 앞에서 진심으로 울어줄 수 있는 친구가……"

웃기라고 만든 콩트지만, 평소 정준하가 인간관계에 관해 어떤 가치관을 가지고 있는지 알 수 있는 장면이었다. 당시 웃으며 영상을 시청했지만, 한 편으로 정준하의 이야기에 공감했던 기억이 난다. 흔히 '기쁨은 나누면 배가 되고, 슬픔은 나누면 반이 된다'라는 말을 한다. 기쁨과 슬픔을 나눌 수 있는 사람이 한 사람도 존재하지 않는다면, 얼마나 외로울까? 세계에서 가장 활발하게 인용되는 행복 심리학자 중 한 명인 서은국 교수는 『행복의 기원』에서 행복을 다음과 같이 정의한다.

> "사랑하는 사람과 함께 음식을 먹는 것, 그것이 바로 행복이다."

그는 책에서 인간이 행복을 느끼는 데 있어 타인과의 관계는 불가분의 관계를 맺는다고 밝힌다. 이처럼 사회적 경험은 인간의 행복에 직접적인 영향을 미치는 요인이라 할 수 있다. 드라마에는 종종 일에 몰두하느라 가정에 소홀해 자녀와의 관계가 무너진 가장의 모습이 다뤄지곤 한다. 사실 이 땅의 모든 가장이 하루 종일 일에 최선을 다하는 근본적인 이유는 가정을 위해서다. 그래서 드라마 속 많은 아빠들은 "내가 이렇게까지 한 게 누굴 위해선데?!"라는 푸념을 뱉어내곤 한다. 결국 우리가 하는 모든 일들은 행복을 위한 것이라고 한다면, 우리는 진정한 행복이 어디서 오는 것인지 돌아볼 필요가 있다. 새해를 맞이하며 인간관계를 위해 조금 더 노력해야겠다고 다짐했다. 다짐과 함께 책 1권을 샀다. 데일 카네기의 『인간관계론』이다. 인간관계 분야의 바이블이라 불릴 정도로 유명한 책이다. 물론 책만 읽는다고 해서 인간관계가 좋아질 리는 없다. 스스로를 돌아보고 앞으로 나아갈 방향을 잡기 위한 나침반으로 삼으려 한다. 새해에는 좀 더 주변을 돌아볼 줄 아는 사람이 되고 싶다. 일과 인간관계 모두 균형 있게 다룰 줄 아는 사람이 되기를 바란다. 물론 건강도 함께!

우리는 스스로가 얼마나 아름다운 존재인지 놀라울 정도로 모른다

『죽고 싶지만 떡볶이는 먹고 싶어』라는 제목의 책이 있다. 몇 년 전 서점의 베스트셀러 진열대에서 이 책을 꽤 오랫동안 봤을 때, 나는 이 책이 당시 많이 출판되는 "네가 하고 싶은 대로 살아.", "네 마음을 따라." 부류의 그저 그런 책일 것이라 짐작하고 그냥 지나쳤었다. 하지만 이게 웬 말. 저자와 정신과 전문의와의 상담 과정이 대담 형식으로 푼 이 책은, 내가 직접 정신과 전문의와 상담을 받고 있는 듯한 기분이 들 만큼 공감이 많이 되었다. 책이 가진 가장 큰 매력 중 하나는 이렇듯 공감과 위로에 있는 것 같다. 나와 같은 사람이 또 있다는 사실을 알게 되는 것만큼 위로가 되는 일이 또 있을까. 책의 초반부부터 얼마나 공감이 많이 가고, 또 위로가 되었는지 모른다. 책을 읽으며 '저자와 내가 참 많이 닮았다.'라는 생각을 했다. 선생님과의 상담 과정에서 중간중간 울음을 터뜨리거나, 선생님의 말에서 공감을 얻는 저자의 모습을 보며 내 모습을 보는 것 같아 공감과 위로를 많이 받았다.

책을 읽었던 당시 자존감이 좀 많이 낮은 시기를 보냈다. 주위 사람들은 내 모습을 보며 별다른 변화를 느끼지 못했겠지만, 그랬다. 자존감이 낮아질 때의 특징은 내 모습이 볼품없이 느껴진다는 것이다. 갑작스럽게 많이 올라온 피부 트러블, 크지 않은 키, 내 기준으로 왜소한 체격……. 다른 책을 읽다 자존감의 낮은 사람들의 특징이 '자신을 과대평가하는 것'이라는 것을 알게 됐다. 나는 나 자신을 과대평가해오고 있었다. 생각해 보면 항상 그랬다. 나는 나 자신을 두고 평범한 사람이라고 생각하지 않았던 것 같다. 정확히 말하자면 평범한 사람이기를 거부했던 것 같다. 자존감이 높은 사람들의 특징이 자기 자신을 있는 그대로 인정하는 것이라고 한다면, 나는 이 부분에서는 0점이었다. 유튜브 강연 채널을 보다가 故 개그우먼 박지선이 자신의 외모를 두고 다음과 같이 말하는 것을 들었다.

"나는 내가 못생겼다고 생각하지 않아요. 나는 내 외모가 유니크하다고 생각해요."

자기 외모가 유니크하다고 생각하고, 또 그런 자신의 모습을 있는 그대로 사랑할 줄 아는 그녀가 멋있었지만, 솔직히 이해 가지 않았다. 나는 그녀의 말을 나 자신에게 적용하지 못했다. 나는 타인의 시선을 너무 의식하는 것 같았기 때문이다. 책의 저자가 그랬듯 계속해서 타인의 시선으로 나를 재단하고 평가하게 되었다. 무서운 건 이러한 과정이 놀라울 정도로 무의식적으로 이루어진다는 것이다. 책을 읽으며 다시 한번 이러한 내 모습에는 어린 시절의 상처(그 상처가 정확히 무엇인지에 대해서는 고민이 필요하겠지만)가 기인하고 있다는 점을 느꼈다.

무엇이 나를 이토록 억눌리게 한 것일까. 언젠가 이러한 문제에 대한 답을 찾아야 할 순간이 찾아올 것이라는 생각이 들었다. 당시 나 역시 저자처럼 정신과 전문의와의 상담을 경험하게 될지도 모르겠다고 생각했었다. 그리고 실제로 2년 후 나는 우울과 불안 장애로 정신과 전문의와의 상담을 진행하게 되었다. 누군가 나와 비슷한 경험을 겪고 있다는(또는 겪었다는) 사실은 묘한 위로와 공감을 준다. 그리고 그 힘은 어떤 위로의 말 한마디보다 강력하다. 이러한 사실을 알기에 많은 사람이 서점에 들러 책을 집어 들게 되는지도 모르겠다.

어쩌면 우리네 인생은 모두 비슷한 것인지도 모르겠다. SNS 속에서 화려하게 살아가고 있는 것 같은 그 사람도 사실 극심한 우울증과 자존감 부족을 겪고 있는지도 모를 일이다. "나만 그런 것이 아니야."라는 위로와 함께, 다시 한번 내 삶의 밝은 면에 초점을 두고 살아보는 것이 필요한 이유다. 우리는 항상 내가 가진 것보다는 가지지 못한 것에 초점을 두고, 나를 향한 긍정적 피드백보다는 부정적 피드백에 큰 가치를 두곤 한다. 좀 더 내가 가진 것에 감사하는 삶을 살자.

나는 다른 사람이 내게 한 말을 계속 곱씹는 사람이다. 그리고 그런 나는 항상 다른 사람들의 눈치를 보기에 바쁘고, 나 자신에 대한 만족도도 낮다. 나는 항상 모든 행동에 의미를 부여하곤 했다. 그것도 특히 부정적인 방향으로. 누굴 만나든 절대적인 선은 없는데, 절대적인 선이 되려고 했던 것 같다. 그리고 내가 절대적 선이 아닌 행동을 하게 되었을 때 상대의 반응을 나의 존재 전체에 대한 거절로 인식했던 것 같다. 하나가 마음에 든다고 이 사람 전체가 다 마음에 들지 않듯이, 하나가 마음에 안 든다고 해서 전체가 싫어지는 것이 아닌데도 불구하고 말이다. 이 얼마나 비합리적이고 안타까운 일인가. 충분히 다른 이유를 생각할 수 있는데도 가장 극단적인 생각이 자동적으로 들었다.

나는 내가 흑백 논리로 똘똘 뭉쳐있는 사람이란 사실을 잘 인식하고 있지 못했다. 하지만 시간이 지나며 점차 내가 얼마나 흑백 논리의 영향을 많이 받는 사람인지 인지하게 되었다. 뭘 하든 그랬다. SNS를 하거나 아예 안 하기 위해 게시물을 다 내리고 비활성화 또는 삭제하거나. 앞으로도 계속 연락하면서 친하게 지낼만한 사람이거나 아예 앞으로 안 볼 사람이거나. 그 이유는 모르겠지만 나는 항상 모 아니면 도로 머릿속으로 정리해 놓는 것이 편했던 것 같다. 하지만 이렇게 사는 삶은 너무 평면적이지 않을까. 사람은 모두 입체적이고, 삶 역시 입체적이어야 하는데 나 혼자 평면적으로 사는 삶은 너무 외롭지 않을까. 어쩌면 버려질 수 있다고 생각하고 불안해하는 마음을 품고 살아온 것은 아니었을까. 스스로를 향해 애처로운 마음이 든다.

나는 그동안 나 아닌 다른 사람은 잘 공감해 주었지만 정작 자신에게는 최악의 공감자로 살아왔다. 내 존재 자체를 부정하고 싶은 마음은 없다. 나는 이런 내 모습조차 사랑하고, 있는 모습 그대로의 내가 좋다. 하지만 변하고는 싶었다.

우리는 스스로가 얼마나 아름다운 존재인지 놀라울 정도로 모르고 살아간다. 심지어 다른 사람들은 다 아는데, 본인만 모르고 사는 사람들도 있다. 이 사람들은 주위에서 "너는 아름다워."라고 말하면, 스스로 "나는 아름답지 않아."라며 스스로의 자존감을 끌어내리기에 힘쓴다. 내가 바로 그랬다. 그랬던 내가 나를 사랑할 수 있게 된 계기는 누군가의 진심 어린 말 한마디였다.

"내가 보기엔 넌 있는 모습 그대로 너무 멋진 사람인데, 정작 너는 그걸 모르고 살아가는 것 같아."

"꾸미지 않아도 돼. 넌 지금 모습 그대로 충분히 매력적인 사람이야."

얼마나 많은 사람들이 자신의 아름다움을 모르고 살아가던가. 오늘도 스스로를 사랑하지 못하는 자신에게, 그리고 당신의 옆에 있는 사람에게 진심을 담아 이야기해 주는 건 어떨까.

"You are beautiful.", "Just be you."

내 마음,
내가
돌보기로 했다

최근 들어 귀찮은 일이 많아졌다. 설거지, 빨래, 분리수거 등 분명 간단한 일임에도 귀찮은 마음에 미루고 미루는 일이 많아졌다. 밖에 나가는 일마저 귀찮아 배달 음식을 시켜 먹는 일 역시 잦아졌다. 지하철을 타고 멀리 나가야 하는 약속은 가급적 잡지 않았다. 오랜만에 지인 A를 만나 함께 식사를 했다. 3년 만에 만나는 거라 그간 어떻게 지냈는지 근황에 대한 토크들이 이어졌다. 우연히 A가 작년부터 정신건강의학과에 다니며 우울증 약을 복용하고 있다는 사실을 알게 되었다. 나 역시 작년 처음으로 정신건강의학과에 내원하게 되었던 터라, A에게 우울 및 불안 장애를 겪었던 이야기를 해주었다. A가 '그럼 지금은 약 안 먹고 있는 것이냐'고 묻는 말에 '그렇다'고 대답해 주었다. 재작년 8월부터 복용하던 우울 및 불안 장애 약은 작년 초부터 자연히 끊게 되었다. 2년 전 지금 사는 곳으로 이사를 오게 되며, 전에 다니던 병원과의 거리가 멀어졌던 이유가 컸다. 또한 여러 방면에서 여건이 좋아졌기 때문일까. 새 병원을 찾으려고 했던 원래 계획과는 달리 자연히 병원과 약을 끊게 되었다. 그렇게 1년 가까이를 아무렇지 않게 지내왔다. A에게 요즘 매사가 귀찮고, 생각 없이 유튜브 등을 장기간 시청하게 되는 일이 잦다고 이야기하니, "그거 우울증 증상이야."라는 답이 돌아왔다. A 역시 우울증이 한창 심할 때 집 밖에 멀리 나가는 것이 싫어 본인이 사는 지역에서 거의 벗어나지 않았다고 했다. 우울증 진단을 받아 본 경험이 없었다면, "에이 내가 무슨 우울증이야."라고 답했을 것이다. 하지만 나는 과거 내 속에 자리 잡고 있던 불안과 우울을 직면한 경험이 있었고, A의 말이 가볍게만 들리지 않았다. 생각해 보니 재작년 내게 나타났던 증상들과 양상은 달랐지만, 충분히 우울 내지는 불안으로 인해 나타나는 증상일 수 있겠다는 생각이 들었다. A와의 만남이 끝나고 집에 돌아오며, 문득 '동네 정신건강의학과를 내원해 볼까?'라는 생각이 들었다. 네이버 지도에 들어가 '정신과'라고 검색을 했다. 내가 사는 동네 인근에만 7개의 병원이 있었다. '세상에, 무슨 정신건강의학과가 이렇게 많아.'라고 생각했다. 집에서 10분 거리에 정신과만 7개가 있다니……. 우리 사회에 마음이 아픈 사람이 이렇게나 많은 것일까라는 생각에 마음 한편이 아파져 왔다. 사실 재작년 내원했던 정신과의 경우 의사 선생님과의 상담이 만족스럽지 못했다. 내 이야기를 진심으로 공감하고 들어주고 있다는 마음이 들지 않았기 때문이었다. 한 번 그런 경험이 있어서였을까. 이번에는 7개의 병원 중 나에게 가장 잘 맞는 병원을 찾아보아야겠다고 다짐했다. 하지만 머지않아 이러한 나의 다짐이 욕심에 불과했다는 사실을 알게 되었다. 그렇게 가장 신뢰가 가는 것처럼 보이는 병원 B에 전화했다. "초진 예약을 하고 싶은데, 언제 내원하면 될까요?"라는 질문에 '내년 상반기까지 예약이 모두 찼다'라는 답변이 돌아왔다. 내년 7월부터 예약이 가능하다는 말에, 멋쩍은 웃음과 함께 통화를 종료했다. '그래, 여기만 그런 걸 거야.' B 다음으로 마음에 들었던 병원 C에 전화를 했다. C 역시 내년 1월까지 모든 예약이 찼다는 대답이 돌아왔다. 병원 D도, E도, F도 내가 지금 바로 초진 예약을 잡을 수 있는 병원은 없었다. '이번 병원은 우리 집에서 가까운 곳으로 다니고 싶은데…….' 점차 마음이 초조해졌다. 병원 G에 전화하니, 내일 오전 초진 예약이 가능하다는 답변이 돌아왔다. 내일 방문하겠다고 답하고 다음 날 병원을 내원했다. 초진이라 여러 검사를 진행했다. '다축 임상성격검사', '스트레스 검사', '전두엽 기능 척도 검사' 등 1시간 내외의 검사 끝에 의사 선생님과의 상담을 받을 수 있었다. 맥파 검사 결과, 신체 스트레스 수준은 정상인 반면 뇌파 검사에서 정신적인 스트레스 수준이 매우 높다는 진단이 나왔다고 했다. 신체 스트레스 수준은 정상이라 수면이나 식습관 등에서 이상 증상이 드러나지는 않았지만, 사실 나의 뇌는 매우 높은 수준의 스트레스를 경험하고 있었다. 문득, 최근 들어 내가 왜 이렇게 무기력하고 매사가 귀찮아졌는지가 이해되었다. '나의 정신이 그동안 많이 힘들었구나…….' 문득 나 자신에게 미안한 마음이 들었다. 눈에 보이지 않는다는 이유로 홀대하고 관심을 주지 않았었다는 생각이 들었다. 사실, 예전부터 내가 스트레스를 잘 받는 성격이라는 건 알고 있었다. 뭐랄까. 평소 머리가 맑은 듯한 기분이 아니었다. 항상 나의 뇌는 쉴 새 없이 돌아가고 있는 모터와 같았다. 나의 정신에게, 그리고 마음에게 좀 더 쉼을 주어야겠다는 생각이 들었다. 오늘 받았던 검사들과 초진 진료비로 20만 원 이상이 나왔다. 검사 비용을 미리 고지받지 못했던 터라, 조금 당황스러운 금액이긴 했지만 몰랐던 나의 상태를 알게 되었다는 사실에서 위안을 삼기로 했다. 많은 사람이 눈에 보이지 않는다는 이유로 자신의 마음을 돌보지 않고 살아간다. 얼굴, 머리, 몸 등 외모를 꾸미는 데는 신경을 쓰지만, 정작 자신의 마음 상태에 관심을 갖는 사람은 많지 않다. 대학생 시절, '마음 교육론'이라는 이름의 전공 수업을 수강했던 적이 있다. 마음 및 마음 형성 문제를 둘러싼 통합적이고 심층적인 이해를 구축하는 수업이었다. 수업을 들으며 다른 내용은 하나도 기억나지 않지만, 단 하나 기억 남는 게 있다. 그건 바로 '마음 챙김Mindfulness'에 관한 것이었다. 마인드풀니스

라고도 말하는 마음 챙김은 불교 용어인 '사띠'를 영어로 번역한 것이다. 빠르게 발전해 나가고 있는 21세기 마음 챙김에 대한 필요성이 대두되면서 여러 권위자를 통해 알려졌었다. 교수님은 수업에서 일관되게 '현대인들에게 마음 챙김이 중요하다.'는 이야기를 반복하셨다. 일상에서 내 마음에 귀 기울이는 시간이 필요하다는 것이었다. 생각해 보면 아름답다고 정평이 난 연세대학교 신촌캠퍼스의 교정을 다니면서도, 귀에는 이어폰을 꽂고 자투리 시간에 영어 뉴스를 듣고, 영어 단어를 외우던 나였다. 수업을 들으며 한 학기 동안 캠퍼스를 걸으며 내 마음에 귀 기울이는 연습을 하곤 했다. 익숙하지는 않았지만, 점차 '아 이런 걸 두고 마음 챙김이라고 하는구나.'라는 것을 느낄 수 있었다. 나 몰라라 하던 '명상'에 관심을 두게 된 것도 이때부터였던 것 같다. 유튜브에 '명상'이라고 검색하면 나오는 유튜버들의 영상을 보며 '명상' 시간을 갖기 시작했다. 처음에는 눈을 감고 명상하는데, 잡다한 생각들이 올라와 '내가 잘하고 있는 건가?'라는 생각이 들었다. 하지만 하루하루가 지남에 따라 눈을 감고 명상에 들었을 때, 내 호흡과 마음의 소리에 귀 기울이는 일이 익숙해졌다.

마음 챙김 관련해 유명한 권위자인 故 틱낫한 스님은 다음과 같이 말했다.

> "숨을 쉬고 당신이 살아있다는 것을 아는 것은 멋진 일이다. 당신이 살아있기 때문에 모든 것이 가능하다."

우리는 무엇을 위해 이렇게 바삐 달려가기만 하는 걸까. 삶은 생존이 아니다. 매일을 온전히 살아내기 위해서는 눈에 보이지 않는 우리 마음에 주목할 필요가 있다. 흔히 '마음 편하고 건강한 게 장땡이다.'라는 표현을 쓰곤 한다. 병원에 갔다 온 후 이 말이 사실임을 깨닫게 되었다. 나는 더는 내 마음을 괴롭게 하는 일을 하지 않으려 한다. 매일매일 내 마음 상태에 귀 기울이고, 마음을 돌보는 사람이 되고자 한다.

부모가 된다는 건 어떤 것일까?

최근 오랜만에 가족 모임을 가졌다. 부모님과 할머니, 남동생이 모두 모인 식사 자리에서 이야기를 나누다 갑자기 '결혼'을 주제로 이야기를 나누게 되었다. 현재 연애를 하고 있는 남동생에 관한 이야기를 나누다 결혼이라는 주제까지 넘어가게 된 것이었다. 아빠는 남동생에게 "아이는 결혼하자마자 바로 낳는 게 좋아."라고 말해주었다. 그러자 남동생이 "나는 결혼 후 1~2년 정도는 아내와 단둘이 시간을 보내다 이후에 자녀를 가지고 싶어."라고 답했다. "형은 어때?"라는 남동생의 물음에 갑자기 생각지 못했던 결혼과 자녀 계획에 대해 고민해 보게 되었다. 잠시 고민의 시간을 가졌고, 나 역시 남동생과 크게 다르지 않다고 답했다. 나는 항상 부모가 된다는 것에 대한 두려움을 느껴왔다. 대학에서 교육학을 전공해서인지, 자라온 환경이 아이에게 미치는 영향이 얼마나 큰지를 잘 안다. 지금의 나는 내가 자라온 환경의 결과라고 이야기할 수 있다. 내 자녀가 어떤 사람으로 성장해서 평생을 살아가게 될지를, 나라는 인간이 영향을 미치게 된다는 사실이 두렵다. 그리고 나는 그렇게 할 자신이 없다. 나의 부모님은 나를 낳기 전, 또 나를 키우면서 이러한 생각을 했었을까?

창비 문학상을 수상한 『페인트』라는 제목의 소설 작품이 있다. 『페인트』는 "부모를 선택할 수 있다면 어떨까?"라는 문제적 발상에서 출발하는 소설이다. 출산율이 너무 낮아지자 국가가 책임지고 아이들을 기르겠다고 선포하고, 그 결과 부모에게 버려진 아이들은 국가 차원에서 '국가의 아이들 Nation's Children'로 길러지게 된다. NC라는 이름으로 길러진 아이들은 열세 살 이후로 입양을 원하는 부모를 선택할 수 있게 된다. 그리고 그 입양의 과정은 꽤 체계적이고 철저하게 이루어진다. 이 과정에서 입양의 결정권은 온전히 NC에게 주어진다. 책을 읽으며 마음에 와닿았던 구절이 있는데, 바로 부모를 결정하는 것이 아기를 낳는 일과 비슷하게 느껴진다는 주인공의 말이었다. 우리는 아기를 낳기 전 앞으로 태어날 그 아이에 대해 많은 기대를 한다. "성격은 밝았으면 좋겠고, 어른들에게는 예의 바르게 행동하면 좋겠고, 공부도 잘했으면……." 하고 말이다. 하지만 그 아이가 사춘기가 지날 무렵, 또는 그보다 훨씬 이전 부모는 자신의 기대가 무너지는 순간을 마주하게 된다. 어쩔 수 없다. 애초에 또 다른 하나의 인격이 타인이 원하는 대로만 인생을 살아간다는 것 자체가 말이 안 되는 것일 테니깐. 그리고 부모는 자식과(또는 과거의 자신과) 적당한 타협에 이르게 될 것이다.

"노아의 말을 듣고 보니, 우리가 부모를 선택한다는 것은 부모가 아기를 낳는 것과 비슷하다는 생각이 들었다. 누구든 자기 아기에 대해서 엄청난 천재까지는 아니더라도 남들보다는 잘났으면 좋겠다는 마음 정도는 갖고 있을 것이다. 그런 환상이 신기루처럼 사라져 버리기까지는 그리 오랜 시간이 걸리지 않을 것이다. 아이가 학교에 입학하고, 학년이 올라가고, 몸이 자랄수록 부모들의 바람은 더 소박해지겠지. 그저 다른 아이들만큼 하기를, 그저 건강하기를, 그저 평범하기를……."

대학교 1학년 시절, 초등학교 3학년 남자아이 A의 수학 과외를 맡았던 적이 있다. 아이의 엄마는 A가 영재중에 진학하기를 바랐다. 당시 5~6학년 단계의 선행 학습을 부탁받았고, 과도한 선행 학습이라는 생각이 들었지만, 어쩔 수 없이 진행했어야 했다. A는 나에게 받는 수학 과외 외에도 5개가 넘는 학원, 과외 등의 일정이 빼곡한 아이였다. 어느 날 수업 도중 A와 대화를 나누는데 "엄마가 나에게 과도한 것을 바란다."라는 이야기를 들었다. 10살 아이의 입에서 이러한 이야기가 나온다는 사실에 놀랐지만, 어떠한 이유로 그렇게 생각하는지 궁금했고 A의 이야기를 들어주었다. 들어보니 자신은 이미 엄마가 시키는 대로 모든 일정을 힘들게 소화하고 있는데, 엄마는 자신이 잘한 부분에 대해 칭찬을 해주기보단 부족한 부분에 대해 혼내기만 해서 스트레스를 받는다고 했다. 선생님인 내가 느끼기에도 A는 이미 자신이 할 수 있는 최대치를 소화하고 있었다. 다음 수업 시간 전, A의 어머니께 잠시 면담을 요청드렸다. 'A가 요즘 수업은 잘 듣고 있느냐?'라는 물음에 그렇다고 답한 후, A에게 들었던 이야기를 해주었다. 아직 자녀 양육 경험이 없는 나였기에 이런 이야기를 전하는 게 조심스럽긴 하지만, A에게 좀 더 칭찬을 많이 해주시면 좋을 것 같다고 말씀드렸다. 다행히 A의 어머니는 나의 이야기를 경청해 주셨고, 이후 A의 입에서 "엄마가 달라진 것 같다."라는 이야기를 전해 들을 수 있었다.

많은 부모들이 자녀에게 자신의 기대를 투영하며 살아간다. 최근, 세계적인 축구 스타 크리스티아누 호날두의 양육 방식이 '아동 학대' 일 수 있다는 지적이 나오며 논란이 된 적 있다. 호날두에게는 12살 남자 아들이 있다. 그는 자기 아들을 세계적인 축구 선수로 기르고 싶어 한다. 이를 위해 아들의 스마트폰 사용을 금지하고, 고강도 웨이트 운동을 시키고, 식단 제한 등을 요구했는데 이러한 내용이 논란의 소지가 되었다. 그는 트위터에 다음과 같은 글을 올렸다.

> "내 아들은 잠재력을 가지고 있다. 그가 훌륭한 축구 선수가 되는 모습을 지켜볼 것이다. 때때로 그는 콜라를 마시고 칩을 먹어서 나를 짜증나게 만든다. 나는 그가 무엇을 선택하든 최고가 되기를 바란다. 나는 항상 아들에게 '열심히 하는 것'이 가장 중요하다고 말한다."[6]

이에 대해 아동 행동 전문가 태니스 캐리는 "자신의 능력 이상으로 밀어붙이면 많은 아이들이 '어떠한 대가를 치르더라도 성공만 하면 된다'는 양육 방식에 아예 반응하지 않게 된다."며 경고했다. 물론 자녀가 잘되지 않기를 바라는 부모는 없다. 자녀에 대한 기대와 요구의 출발은 자녀를 향한 사랑이라는 점을 부인하고 싶지는 않다. 하지만 때론 자녀에 대한 기대가 사랑이 아닌 부모의 욕심에서 비롯될 수 있다는 점은 충분히 경계를 할 만하다.

6 https://view.asiae.co.kr/article/2022120520042555284

다가감에도,
거절에도
용기가 필요해

최근, 한 영어 회화 커뮤니티에서 주최하는 파티에 참여한 적이 있다. 신촌에 위치한 스터디 클럽에서 진행되었는데, 서울 내 다른 지역 스터디원들도 함께 참여했었다. 대부분 처음 보는 사이처럼 느껴졌고, "어느 지역에서 오셨어요?"라는 질문으로 어색한 첫인사를 건넸다. 쭈뼛거리고 있는 나에게 한 여성분과 남자분 일행이 다가왔다. "혼자 오셨어요?"라는 질문에 '그렇다'라고 답했고, 이야기를 들어보니 이 두 명도 여기서 처음 만났다고 했다. 이런저런 대화를 나누고 있는데, 문득 날 보고 처음 말을 걸어준 두 사람이 고맙게 느껴졌다. 생각해 보면 나는 다른 사람들이 내게 먼저 말을 걸어주길 바라고 있었던 것 같다. '먼저 말을 걸면 이상하게 생각하지 않을까?'와 같은 고민 속에 선불리 말을 걸길 주저했다. 실상은 내게 말을 걸어준 일행을 이상하게 생각하기는커녕 고마움을 느꼈으면서도 말이다. 돌이켜보면 나의 인간관계 역시 그랬다. 먼저 다가가기보단, 다른 사람이 내게 다가오기를 바라는 일이 많았다. 다른 사람의 시선, 거절에 대한 두려움 등으로 인해 수동적인 모습을 보이곤 했다. 『곰돌이 푸, 행복한 날은 매일 있어』라는 책에 보면 다음 말이 나온다.

> "다른 사람이 자기를 먼저 알아보고 좋아해 주기를 바라는 마음은 어쩌면 낮은 확률에 나의 인생을 맡기는 일이 될지도 모릅니다. 상대방의 마음이 움직이기만 기다리지 말고 먼저 다가가 보세요."

책을 읽으며 나에게 너무 해당하는 말이라고 생각했다. 서툴지만 남이 다가오기를 기다리지 않고 먼저 다가가는 연습이 필요함을 느꼈다. 다른 사람이 자기를 먼저 알아보고 좋아해 주기를 바라는 마음은 어쩌면 낮은 확률에 나의 인생을 맡기는 일이 될지도 모른다는 말이 가슴에 와닿았다. 또한 이걸 이런 관점으로도 생각해 볼 수 있다는 것이 인상 깊었다. 대학교 1학년 시절, 첫눈에 반했던 여자애가 있었다. 교양 수업을 통해 알게 된 다른 과 학생이었는데, 처음 보자마자 호감을 느꼈다. 호감이 있었지만, 나는 섣불리 내 마음을 표현하지 못했다. 그 사람이 내 마음을 받아주었을 때의 보상에 주목하기보단, 실패 가능성과 그로 인한 처벌에 집중했던 것 같다. 시간이 흘러 3학년이 되었고, 우연히 학교 앞에서 그 친구를 만났다. 2년 만에 처음 보는 얼굴이었지만, '이 친구는 여전히 예쁘구나.'라는 생각에 씁쓸한 마음이 들었다. 최인철 교수는 『프레임』에서 "사람들은 오래된 과거를 회상하게 하면 대부분 그 시절에 하지 않았던 것들에 대한 회한을 떠올린다."라고 말했다. 나 역시 그랬다. 한 번쯤 내 마음을 표현했을 만도 한데, 그러지 못한 모습을 아직 후회하고 있으니 말이다.

정문정 작가의 『무례한 사람에게 웃으며 대처하는 법』에는 다음과 같은 말이 나온다.

> "내가 관계의 키를 잡는 것이 부담스러워서 상대에게 떠맡겨버리고는 원하지 않는 방향으로 간다고 속상해했구나."

돌이켜 보면 나도 항상 그랬다. 남들에게 원하는 것이 있었지만, 겉으로 표현하지는 않았고, 내 마음대로 일이 되지 않았을 때 스트레스를 받곤 했다. 하고 싶은 것은 하고 싶다고, 하기 싫은 것은 하기 싫다고 말하는 연습이 내게는 더 필요했다. 거절한다고 해서 사랑받지 못한다는 생각은 잘못되었다. 모든 사람에게 사랑받으려는 것은 욕심이며, 설령 거절한다고 해서 사랑받지 못했다고 하더라도 그 사람은 나에게 그 정도의 사람이기 때문이다. 나는 과거 '괜찮다'라는 말을 입에 달고 살았다. 누군가 내게 부당함을 선사해도, 자연히 그 사람의 입장에서 이해하려고 노력했다. 나보다 상대를 배려하느라 정작 나 자신은 전혀 배려하지 못한 것이다. 나는 주변 사람들에게 배려심이 많은 사람이었지만, 정작 나 자신에게는 최악의 배려자였다. 그리고 그 이면에는 모두에게 사랑받고자 하는 마음, 그리고 거절하면 사랑받지 못한다는 마음이 있었다. 나는 현재 거절하는 연습 중에 있다. 최근 시외버스를 타고 부모님 댁에 가고 있을 때의 일이었다. 버스에 탑승한 후 나의 지정 좌석에 앉기 위해 좌석을 찾던 중에 5, 60대로 보이는 한 남성이 나의 지정 좌석에 앉아 있었다. 그래서 나는 나의 표를 보여주며 정중히 여기가 내 자리임을 이야기했지만 그 남성은 자리를 옮기기가 귀찮았는지 나에게 다른 자리에 앉으라며 비키기 싫은 티를 내었다. 과거의 나였으면, 그 남성에게 좌석을 양보하고 새로운 좌석을 찾아 앉았을 것이다. 하지만 지정 좌석은 분명한 나의 권리였고, 나의 권리를 당연한 듯이 침해하는 남성에게 다른 좌석에 앉을 것을 요구했다. 그 남성은 자리를 비키며 "사람이 융통성이 없으면 안 되지."라며 몇 번이나 중얼거렸다. 그 좌석은 분명히 나의 지정 좌석이었고, 설령 자리를 비켜줄 수 있다고 해도 그건 어디까지나 나의 재량이었다. 하지만 어느 영화에 나왔던 대사처럼 그는 '호의가 계속되면 그게 권리인 줄 아는 사람'이었다. 인간관계를 맺음에 있어 다가감에도 용기가 필요하지만, 내가 좋은 것과 싫은 것을 분명히 밝힐 줄 아는 용기도 매우 중요하다고 생각한다. 거절 혹은 미움받을 것에 대한 두려움은 다가갈 용기와 내 마음에 솔직한 용기를 빼앗는다. 우리는 인간관계에 있어 조금 더 용기를 가질 필요가 있다.

인간관계에 미니멀리즘을 허락하라

'낄끼빠빠'란 말이 있다. '낄 때 끼고 빠질 때 빠져라'의 줄임말이다. 흔히 인간관계에서도 낄끼빠빠를 잘해야 한다는 말을 하곤 한다. 대학교 4학년 시절, 이 낄끼빠빠를 잘하지 못해서 지금까지 흑역사로 남아있는 일이 있다. 그건 바로 '새터(새내기 배움터)' 사건이었다. 대학교에 신입생이 입학하면, '새터'라는 걸 연다. 1학년 신입생들이 대학교에 잘 적응할 수 있도록 보통 2학년으로 구성되어 있는 맞선배들이 주축으로 여는 과 행사다. 학과 회장이나 학생회 임원들의 경우 간혹 3학년 이상의 선배들도 참여하곤 한다. 때는 2019년, 19학번 신입생들의 새터가 열리는 날이었다. 평소 사람 만나는 걸 좋아하고, 특히 후배들과의 만남을 좋아했던 나는 15학번이라는 본분을 잊은 채 새터에 참여한다. 학생회 멤버가 아닌 선배들 중 새터에 참여한 사람은 나밖에 없었던 걸로 기억한다. 졸업하고 나니 그저 웃길 뿐이지만, 대학생들 사이에서는 두세 학번 차이만 나더라도 흔히 '화석', '암모나이트' 소리를 듣는다. 대학생활을 한 지 그만큼 오래되었음을 웃기게 표현하는 일종의 은어다. 19학번 새내기들 입장에서는 화석을 넘어 삼엽충 세대가 가까웠을 나는 그렇게 후배들을 만나고 싶다는 일념 하나로 무려 2박 3일의 새터를 함께했다. 가장 최악이었던 건, 새터에서 장기 자랑에 참여했던 것이다. 풋풋한 신입생들 사이에서 무슨 자신감으로 장기 자랑 무대에서 노래까지 부른 것인지……. 불행 중 다행인 건 새터가 끝난 후 신입생 후배들이 네 학번 위 선배였던 나를 어떻게 기억했는지는 아직도 모른다는 것이다. 그저 후배 만나는 걸 좋아하는 선배로만 기억해 줬으면 하는 바람이다.

대학 시절의 잊고 싶은 흑역사 이야기를 꺼낸 건, 사람 만나는 걸 좋아하는 나의 성향에 관해 말하고 싶어서이다. 대학 4년을 보내며 정말 많은 사람을 만났다. 그냥 대충 생각해 봐도 1,000명은 족히 넘지 않을까 싶다. 그냥 새로운 사람들을 만나는 게 좋았기도 하고, 한때는 인맥이라는 걸 넓혀보겠다는 마음으로 다양한 사람들을 만났던 적도 있다. 정문정 작가의 『무례한 사람에게 웃으며 대처하는 법』에는 다음과 같은 말이 나온다.

> "인맥을 넓히겠다고 늘 말하지만, 알아? 제대로 살아있는 것에 뛰고 있는 걸 '맥'이라고 하는 거야."

책을 읽으며 위 문장에 공감하지 않을 수 없었다. 그토록 많은 사람들을 만났지만, 지금 현재 내게 살아있는 맥처럼 펄펄 뛰는 그런 관계의 사람은 몇 명이 없다는 걸 깨달았기 때문이다. 이러한 이유로 인간관계에 대한 회의감이 찾아왔다. 나는 앞으로도 많은 사람을 만나며 살게 될 것이다. 하지만 나중에 돌아보았을 때 지금처럼 곁에 남아 있는 사람들은 얼마 없다면, 과연 인간관계라는 건 어떻게 맺어나가야 하는 건지 혼란스러웠다.

양적인 인간관계에 지쳤던 흔히 이야기하는 연락처 정리에 들어갔다. 1,000명 가까이 되는 카카오톡 친구 목록을 정리하기 시작했다. 그렇게 정리된 카카오톡 친구 목록은 현재 40명이 조금 넘는다. '숨김' 기능을 활용해 숨겨놓은(?) 친구 목록을 합치더라도 100명이 조금 넘는다. 10분의 1 가까이 줄어든 친구 목록을 보면서 오히려 마음이 편해졌다. 어쩌면 내가 관리할 수 있는 진짜 인맥에 한계선이 있을 수도 있겠다는 생각이 들었다.

과거 〈무한도전〉에서 정준하가 본인의 연락처에 등록된 친구가 2,000명 가까이 된다는 걸 자랑한 적이 있었다. 실제로 정준하는 연예계에서도 마당발로 알려져 있다. 그의 결혼식 때 수많은 연예계 인파가 찾아와 기사가 났던 기억이 난다. 실제로 정준하가 2,000명 가까이 되는 지인들 한 명 한 명과 어떻게 소통하는지는 알 수 없다. 하지만 나는 인간관계에도 맺고 끊음이 필요하다고 생각한다. 어쩌면 우리는 불필요한 관계 내지는 그리 중요하지 않은 사람들과의 관계로 인해 수많은 스트레스와 고민을 안고 사는지도 모른다.

군 복무 시절, 다리를 다친 적이 있었다. 계단에서 넘어져 깁스를 하게 되었는데, 깁스를 한 채로 복무를 계속하다 보니 다리 상태는 지속적으로 악화되었다. 결국 '슬개건염' 진단을 받았다. 슬개건염은 무릎에 위치한 '슬개건'이라는 근육(?)에 염증이 생긴 병이다. 잘 낫지 않고, 회복이 더뎌 오랜 치료를 필요로 한다. 치료로 인해 다른 부대원들과 동일한 강도의 복무를 할 수 없었고, 이러한 이유로 나를 험담하는 사람들이 생겼다는 사실을 알게 되었다. 내가 채우지 못한 근무량을 다른 부대원들이 나누어 감당해야 하다 보니 이해는 갔지만, 내심 스트레스가 아닐 수 없었다. 부대 사람들의 눈치를 보는 기간이 장기화되었고, 시간이 지날수록 위축되는 내 모습을 발견할 수 있었다. 이러한 스트레스에서 벗어나게 된 건, 나를 험담하는 사람들이 정작 나 자신에게는 그리 중요하지 않은 사람들일 수 있다는 깨달음 덕분이었다. 사실 전역 후, 다시 만날 사람들이 부대 내 얼마나 되겠는가. 그중에서도 나를 싫어하는 사람들은 더더욱 사회에서 만날 일이 없을 것이다. '이 사람들은 내게 별로 중요한 사람들이 아니다'라는 생각은 오히려 관계로 인한 스트레스와 고민에서 벗어나게 해줬다.

모든 사람들과 잘 지내려고 했던 과거와 달리, 현재의 나는 좁고 깊은 인간관계에 만족하며 살고 있다. 물론 마음을 나눌 수 있는 진정한 친구가 많을수록 좋다는 데는 이견이 없다. 다만 더는 인간관계의 성공을 '양'으로 판단하는 일은 그만뒀다. 어쩌면 인간관계에도 '미니멀리즘'이 필요할지도 모르겠다는 생각이 든다. 인간관계를 맺는 데도 지혜가 필요한 것 같다. 내가 성장함에 따라 인간관계의 지혜 역시 자라날 것이라 믿는다.

내 선택을 타인의 기준에 맞춰 살지 말 것

우리는 인생을 살며 다양한 선택의 순간을 마주한다. 오죽하면 'B(Birth)와 D(Death) 사이에는 C(Choice)가 있다'라는 명언이 만들어지기까지 했을까. 미국의 심리학자 쉬나 아이엔가와 마크 레퍼는 이와 관련된 흥미로운 실험 한 가지를 실시했다. 그것은 바로 드래거스 슈퍼마켓의 시식 코너에 올려진 잼 24종류를 이용한 실험이었다. 그들은 시식 코너의 잼 종류가 24종류와 단 6종류로 나뉠 때 소비자의 구매에 어떤 영향이 갈지가 궁금했다. 실험 결과는 흥미로웠다. 시식 코너의 잼 종류가 24종류일 때는 고객의 60퍼센트가 시식했지만, 실제적으로 잼을 구매하는 고객은 2퍼센트가 채 되지 않았다. 반면 잼 종류가 6종류일 때는 고객의 40퍼센트만이 시식했지만, 시식 고객의 12퍼센트가 잼을 구매했다. 즉, 너무 많은 선택지가 구매를 결정하는 데 방해 요인으로 작용한 것이었다.

위의 예는 세계적인 경제학자 하노 벡의 『돈보다 더 중요한 것들』에 나오는 예다. 하노 벡은 책을 통해 "선택의 자유가 우리를 괴롭힌다."라고 말한다.

> "선택의 폭이 너무 넓으면, 어찌할 바를 모르게 된다. 그것은 확실히 행복을 주지 않는다."

생각해 보면 식당에서 메뉴를 정할 때, 혹은 마트에서 상품을 결정할 때 너무 많은 선택지를 놓고 어려움을 겪었던 일들이 다들 있을 것이다. 이런 현상은 구매하는 제품의 가격이 클 때 특히 발생하곤 한다. 인터넷의 발달로 다른 사람들의 리뷰 혹은 영상을 쉽게 찾아볼 수 있게 되면서 우리는 더 큰 구매 결정 장애에 빠진다. 선택이 주는 스트레스에서 벗어나기 위한 방법으로 하노 벡은 다음과 같은 처방을 내린다.

"뭔가를 결정했으면, 그것을 고수하라. 더는 고민하지 말고 탐구를 중단하라. 선택하지 않은 다른 선택지는 모두 잊어라. 그리고 키르케고르를 상기하라. 다른 사람의 결정과 자신의 결정을 비교하지 말라. 비교는 불행 요소 1순위다."

우리는 왜 이렇게 나의 선택 기준을 타인의 그것에 맞추려고 애쓰는 걸까. 고작 화장품 하나를 살 때도 타인의 기준에서 벗어나면 즉시 불안을 느끼는 현대인들이 많다. 부끄럽게도 나 역시 그중 일부다. 나의 미래를 선택함에 있어 나 스스로가 아닌 다른 사람들의 기준을 중시했다. 대학생 시절 '청소년 진로 설계 전문가'의 꿈을 꿨던 시기가 있었다. 그리고 이 꿈을 이루기 위한 과정으로 '학습 매니저'라는 직업을 목표로 했다. 학습 매니저가 하는 일은 글자 그대로 청소년들의 학습을 도와주는 일이다. 다만 학습 외에도 진로와 진학에 관한 상담을 제공하는 일을 한다. 이러한 교육을 전문으로 하는 교육 기업이 있었고, 해당 기업에 입사해 학습 매니저로서 최고의 역량을 발휘해 보고 싶었다. 5년 안에 학습 매니저로서의 커리어에 정점을 찍을 자신이 있었다. 사실 학습 매니저라는 직업을 포기하게 된 원인은, 주변 사람들에게 내 직업이 어떻게 보일 지를 끊임없이 신경 썼던 나 자신에 있었다. 좋은 대학에 진학한 뒤 흔히 가지는 목표들이 있다. 대기업, 로스쿨, 고위 공무원 등이 그렇다. 이러한 목표들의 공통점은 누구나 다 아는 일이라는 것이다. 그래서 이 직업들은 별도의 설명을 필요로 하지 않는다. 별도의 설명을 필요로 하지 않는 집단에 속하는 것은 편한 일이다. 그리고 때론 남들보다 위에 있는 것 같은 우월감을 주기도 한다. 하지만 별도의 설명을 필요로 하는 집단에 속하는 것은 불편한 일이며, 때로 불안과 두려움에 휩싸이게 만들곤 한다. 나는 이 별도의 설명을 필요로 하지 않는 일과 그렇지 않은 일 사이에서 수많은 줄다리기를 해왔다. 대학 시절 수없이 반복되었던 진로 고민 역시 이 줄다리기와 관련 없지 않았다. 하지만 나는 이제 안다. 별도의 설명을 필요로 하는 집단에 당당히 속할 수 있는 것은 용기 있는 행동이라는 사실을 말이다. 특히 그 선택이 내가 좋아하는 일을 하기 위해서라면 더욱 그렇다.

돌이켜 보면 나는 누군가에게 도움을 줄 수 있는 일에서 가치를 발견하곤 했다. 대학생 시절 소위 스펙이라 불릴만한 모든 것에 관심이 없었던 내가 유일한 관심을 갖고 꾸준히 했던 일은 바로 청소년 멘토링이었다. 이유는 모르겠다. 그냥 좋았다. 청소년들과 소통하고, 무엇보다 내가 이들에게 도움을 줄 수 있는 것이 좋았다. 나의 청소년 시절, 내 주위 어른들은 아무도 대학 이후의 삶에 대해 알려주지 않았다. 그래서였을까. 나는 대학 입학 후 많은 방황의 시기를 겪어야만 했다. 현재의 나는 이런 생각을 한다. 만약 내가 조금만 더 일찍 미래에 대한 구체적인 청사진을 그리고 있었다면 나의 현재는 달라지지 않았을까? 나는 감히 대학 시절 내 방황의 책임을, 대학 이후 삶에 대해 아무 말 없이 공부만 강조했던 어른들에게 돌린다. 무책임했던 과거의 내 주변 어른들과 달리, 청소년들이 미리 성인 이후의 삶을 주체적이고 구체적으로 설계할 수 있도록 돕는 어른들이 많아졌으면 좋겠다.

어쩌면 행복은 생각보다 멀리 있지 않을 수 있다. 다른 사람의 선택과 나 자신의 선택을 비교하지 않는 것, 나아가 스스로의 선택을 확실하게 밀고 나아갈 수 있는 용기에서 행복의 실마리를 찾을 수 있지 않을까? 그 선택이 오늘 먹을 저녁 메뉴가 되었든 내 삶의 미래가 되었든 말이다. 가끔 내가 가고 있는 이 길이 맞는 걸까라는 생각이 들 때가 있다. 대학을 졸업한 후 중등 교사라는 안정된 직장을 택할 수도 있었고, 대학원을 진학해 대학교수라는 직업을 꿈꿀 수도 있었다. 미래의 내 모습을 생각했을 때 가슴 뛰는 일, 계속 즐겁게 할 수 있을 것 같은 일을 하고 싶었다. 그렇게 아직까지 나는 다른 사람의 시선이나 대외적인 이미지와 상관없이 내가 행복할 수 있는 일을 하며 살고 있다. 『곰돌이 푸, 행복한 일은 매일 있어』에 나오는 말과 함께 글을 마치고 싶다.

"행복이 눈앞에 있는데도 나의 대외적인 이미지 때문에 외면하고 있나요? 혹은 눈앞의 행복이 생각했던 것처럼 근사하지 않아서 머뭇거리게 되나요? 멋지지 않아도 됩니다. 다른 사람의 시선은 그리 중요한 게 아니에요. 행복을 잡기 위해 초조해하고 발버둥 쳐도 괜찮아요. 어떻게든 찾아온 행복을 꽉 움켜쥐세요!"

3장

나답게 일하며
살고 있습니다

나를 위해 살기로 했다

"이 트랙 위를 차근차근 밟아 나가다 보면 어느 순간, 내 시간과 경제적 자유를 나를 위해서가 아니라 기업이나 정부를 위해 쓰고 있음을 깨닫게 된다. 내 인생 전체가 어느새 다른 사람들을 위해 존재했던 것이다."

-정현지, 『학교에 배움이 있습니까?』 중에서

많은 사람이 인생에 정답이 있는 듯 살아간다. 남들이 그렇게 사니깐, 적어도 안정적으로 살 수 있다는 이유로 남들과 같은 길을 걷는다. 그리고 그들은 머지않아 깨닫는다.

"이 길이 아니었구나."

실제로 내 주위에는 명문대 졸업 후 대기업 취직에 성공했지만 1, 2년 일하다 그만둔 사람들이 많다. 그들은 하나같이 회사를 그만둔 이유로 내가 원하는 삶이 아닌 것처럼 느껴졌다 고백한다. 나 자신에 대한 생각 없이 앞만 보고 10년, 20년을 달려오고 나서야, 진짜 내가 원하는 일을 찾기 시작한 것이다. 이러한 사례는 정말 많다. 많은 직장인이 자신의 삶을 두고 '눈가리개를 한 경주마'와 같다고 고백한다. 사회가 정한 기준, 주변 사람들의 기대와 시선은, 오늘도 막연한 마음으로 출근길에 올라서게 만든다. 수년 전, 인터넷상에 '모든 직장 생활의 끝은 치킨집'이라는 내용의 사진이 이슈가 된 적이 있다. 어쩌면 직장인들은 자신의 직장 생활이 어떻게 끝날지를 알면서도, 변화에 대한 두려움과 불안으로 오늘을 살아가고 있는지도 모른다. 우리는 그저 열심히, 가만히 오랫동안 내게 주어진 일을 하는 것이 미덕이라 배워왔다. 학교에서 배운 교육이 그랬고, 회사에서 요구하는 것이 그랬다. 그런데 과연 더 열심히, 더 오랫동안 일하기만 하는 것이 옳은 것일까?《포브스》가 선정한 우리 시대 최고의 젊은 혁신가 팀 페리스는 다음과 같이 말했다.

> "대부분의 사람들이 평범한 일들을 견뎌내며 30~40년 동안 정신적으로 서서히 죽어간다."

그는 "세상 사람들 중 99퍼센트는 그들이 대단한 일을 성취할 능력이 없다고 믿고, 그 때문에 목표를 평균 수준으로 잡는다."라고 덧붙였다. 나는 책을 읽으며, 우리 사회의 교육 방식과 일하는 방식의 근원이 '가진 자'를 위한 시스템에서 비롯되었다는 사실을 깨닫게 되었다. 오늘날의 교육은 산업 혁명 시대 노동자를 교육하던 것에서 비롯되었으며, 일하는 방식 역시 자본가의 배를 채우기 위한 목적으로 설계되었다. '월급'이라는 매력적인 보상은 수많은 노동자들이 자본가를 위한 강도 높은 노동을 하며 충성하도록 만들기에 충분했다.

세계적인 경제 경영서 『부자 아빠 가난한 아빠』 저자 로버트 기요사키는 말한다.

> "경제적 어려움을 겪는 것은 대다수 사람들이 평생 다른 사람들을 위해 일하기 때문이다."

그는 위와 같은 사람들을 두고 "쥐꼬리만 한 돈을 손꼽아 기다리고, 45년 동안 뼈 빠지게 일한 뒤에 받는 얼마 되지도 않는 연금을 바라보며 산다."라고 표현했다. 실제 직장 생활을 하고 있는 사람이라면, 누구라도 뜨끔하지 않을 수 없는 이야기다. 우리는 현재 하고 있는 일과 스스로를 돌아볼 필요가 있다. 내가 하고 있는 일의 진정한 주인은 누구이고, 나는 '왜' 이 일을 하고 있는지 바로 답할 수 없다면, 우리는 하는 일의 이유와 의미를 알지 못한 채 막연히 그 일을 하고 있는 거라 할 수 있다. 인간은 의미와 가치를 추구하고, 의미 있는 삶 속에서 행복을 누리도록 설계된 존재다. 지금 하고 있는 일의 이유를 모르겠다면, 어쩌면 진지하게 그 일의 지속 유무를 고려해 보아야 할 시점을 지나고 있을 수도 있다. 알베르트 아인슈타인은 말했다.

> "인생의 비극이란 사람들이 삶을 사는 동안 내면에서 잃어가는 것들이다."

사실 우리에게 익숙한 '고용 사회'의 역사는 그리 오래되지 않았다. 특히 한국의 고용 사회 역사는 불과 60여 년 정도이다. 1961년 박정희 전 대통령 집권 후 경제 개발 정책과 함께 시작되었고, 1980년대 들어서 정점을 찍었다. 고용 사회란 '사회 구성원의 절대다수가 기업, 공공 기관의 조직 구성원으로 일하는 시대'를 뜻한다. 미국의 경우 이러한 고용 사회의 역사가 한국보다 조금 더 길다. 1903년 헨리 포드가 포디즘을 도입하며 시작되었으니, 120여 년 정도다. 하지만 현재 미국은 엄밀히 말해 고용 사회가 아니다. 미국은 '프리 에이전트' 나라로의 변화를 시작했으며, 이러한 흐름은 전 세계적으로 일어나는 중이다. 한국 역시 이러한 흐름에서 벗어나지 않는다. 프리에이전트란 '조직을 벗어나서도 독립적으로 자신의 일을 수행하며 수익을 창출할 수 있는 사람'을 의미한다. 몇 년 전, 한국에서 큰 인기를 끌었던 『김미경의 리부트』에 등장한 '인디펜던트 워커'와 유사하다. 특별히 코로나 쇼크까지 더해지며 이러한 프리에이전트 시대로의 전환은 불가피해 보인다. 회사는 당신을 더 이상 책임져 주지 못한다. 종신고용의 시대는 막을 내린 지 오래다. 조직에 연연하지 않고 자유롭고 독립적인 1인 기업가의 시대가 열렸다고 할 수 있다. 종신 고용 시대의 종말은 의미 있는 삶을 살고자 하는 이들에게 새로운 기회다. 과거 우리는 철학자 쇼펜하우어의 말처럼 '다른 사람과 같아지기 위해 삶의 4분의 3을 빼앗기고' 있었다. 하지만 이제 내가 하고 싶은 나만의 일을 하며 살 수 있는 세상이 열렸다. 미래학자 다니엘 핑크는 다음과 같이 말한다.

> "안전한 길이란 없다. 새로운 것에 거침없이 도전하면서 생기는 실수를 통해 값진 배움을 얻어라. 세상은 복잡하고 너무 빨리 변해서 절대 예상대로 되지 않는다. 대신 뭔가 새로운 것을 배우고 뭔가 새로운 것을 시도해 보라. 그래서 멋진 실수를 해보라. 실수는 자산이다. 대신 어리석

은 실수를 반복하지 말고, 멋진 실수를 통해 배워라."

의미 있는 삶은 그냥 얻어지지 않는다. 의미 있는 삶을 살기 위해서는 도전과 시도가 필요하다. 다른 사람과 똑같은 길을 걸으며, 나 자신이 아닌 타인을 위한 삶을 사는 것을 피하자. 이러한 삶은 결국 공허하고 슬픈 인생으로 전락하고 말뿐이다. 더 이상 기업이, 회사가 당신을 책임져 주는 시대는 끝났다. 이제는 내가 스스로를 고용할 수 있어야 한다. 내 인생의 최고경영자CEO로서, 스스로를 고용하여 의미 있는 삶을 살기로 했다.

당신은 대체 불가능한 사람인가요?

인생에서 '승리'를 거머쥐고 싶지 않은 사람이 있을까? 퓰리처상을 받은 언론인이자 저술가 토머스 프리드먼은, 21세기에 경쟁에서 승리하기 위해서는 '대체 불가능한 사람'이 되어야 한다고 강조했다.

"21세기는 IT 혁명을 통해 하나가 되고, 경계가 사라지는 무한 경쟁 시대이기 때문에 평평해지는 세계의 경쟁에서 승리하기 위해서는 '대체 불가능한 사람'이 되어야 한다."

몇 년 전 인상 깊은 영상 하나를 보았다. '근대 교육을 재판합니다'라는 제목의 유튜브 영상이었다. 각기 다른 재능과 흥미를 지닌 아이들은, 학교라는 시스템을 거치며 남들과 똑같이 생각하고 행동하는 사람으로 변한다. 영상은 위와 같은 근대 교육 제도의 민낯을 비판하고 있었다. 12년이란 긴 시간 동안 대체 가능한 사람으로 교육받으며 자란 아이들은, 성인이 되어서도 남들과 같은 안전한 길을 택한다. 고등학교 시절 목표였던 명문대 합격은, 대학 시절이 되어 대기업 취업이라는 목표로 이름만 바뀐다. 그리고 그렇게 5년, 10년 직장 생활을 하던 중 문득 다음과 같은 생각이 든다.

'나, 지금 이 일을 왜 하고 있는 거지?'

실제로 삼성 전자에서 11년간 근무 후 퇴사를 경험한 김병완 작가는 그때를 두고 아래와 같이 회상한다.

"다람쥐 쳇바퀴 도는 듯한 생활과, 회사라는 조직에서 이끄는 대로 살아야만 하는 생활에는 더 이상 비전과 미래가 없다고 생각하게 되었다. 그때부터 회사 일이 손에 잡히지 않았다. 몇 달을 고민한 끝에 그해 겨울 12월 31일을 마지막으로 10년 이상 다닌 회사를 떠나게 되었다."

『부의 추월차선』이라는 책의 뒤표지에는 아래와 같은 말이 실려 있다.

"대기업에 취업했다고, 공무원이 되었다고 당신의 인생이 성공했다고 착각하지 마라. 그래봤자 일주일에 5일을 노예처럼 일하고, 노예처럼 일하기 위해 2일을 쉰다!"

참으로 직접적이면서도 폐부를 찌르는 말이 아닐 수 없다. 노예처럼 일하고, 노예처럼 일하기 위해 2일을 쉰다니! 하지만 우리는 실제로 대다수가 위 말처럼 살고 있다는 걸 알고 있다. 우리는 내가 아닌 회사를 위해 일하고, 나의 브랜드가 아닌 다른 사람들의 브랜드를 위해 열심히 노력한다. 나만의 브랜드를 가지는 것이 중요하다는 걸 알면서도, 어디서부터 어떻게 해야 할지 몰라 그냥 현실에 안주하고 만다. 그렇게 우리는 '대체 가능한 사람'으로 길들어 간다. 토머스 프리드먼의 말처럼 오늘날은 대체 불가능한 사람이 살아남는 시대다. 이러한 시대에서 살아남기 위해, 우리는 지금부터라도 대체 불가능한 사람이 되기 위한 여정을 시작해야 한다. 그렇다면 대체 불가능한 사람이 되기 위해서는 어떤 노력이 필요할까? 대체 불가능한 사람이 되기 위한 방법은 단순하다. 그건 바로, 스스로 타인과의 경쟁을 포기하는 것이다. 그렇다. 대체 불가능한 사람은 '타인과의 경쟁을 포기'함으로써 경쟁에서 승리한다. 타인과의 경쟁을 포기한다는 게 무슨 뜻일까?

『손자병법』 모공謀攻 편에는 '싸우지 않고 이기는 것이 최선이다.'라는 말이 나온다. 타인과의 경쟁을 포기한다는 건, 타인과 싸우지 않겠다는 결심을 뜻한다. 손자의 말과 같이 '싸우지 않고 이기는 방법을 모색하는 것'이라고 할 수 있다. 아니, 이기려면 상대방과 싸워야 하는 게 아닌가? 과연 그럴까? 우리는 끊임없는 무한 경쟁의 압박과 스트레스 속에 살아간다. 대체 불가능한 사람은 이러한 경쟁에서 벗어나, 자신만의 길을 즐기며 신나게 사는 길을 택한다. '남들이 가지 않는 길'을 가는 것이다. 그리고 그 길 끝에서 결국 더 큰 부와 명예와 성공을 얻는다. 남들과 경쟁하는 길을 택했다면 결코 얻지 못했을 것들을 말이다. 오늘날 천재이자 위대한 혁신가로 추대되는 스티브 잡스와 같은 사람 역시 그런 길을 걸었다. 남들과 다른 길을 걷다 맞이할 '실패'가 두려운가? 그런데 과연 스티브 잡스는 두렵지 않았을까? 이처럼 대체 불가능한 사람은 타인과의 경쟁을 포기함으로써 승리를 거머쥔다. 대체 불가능한 사람은 경주 바깥의 사람이 되는 것을 두려워하지 않는다. 타인과의 경쟁을 포기한 사람은 남들과의 비교로부터 자유로워지고, 그로 인해 자신만의 레이스를 즐긴다. 우리에게 익숙한 "천재는 노력하는 사람을 못 이기고, 노력하는 사람은 즐기는 사람을 못 이긴다."라는 말은, 경주 바깥의 사람이 성공할 수밖에 없는 이유를 증명한다. 지금도 우리 주변에는 자신만의 레이스를 겪으며 성공한 사람들의 이야기로 가득하다. 실패에 대한 두려움을 이겨내고, 자신 있게 도전하는 사람만이 대체 불가능한 사람으로 성장할 수 있다. 당신은 대체 가능한 사람인가? 아니면 누구도 대체할 수 없는 린치

핀인가? 끝으로, 나로 하여금 대체 불가능한 사람으로 꿈을 꾸게 했던 책의 한 구절을 공유한다.

> "20대와 30대를 누구보다도 더 열심히 더 철저히 더 치열하게 더 바쁘게 시간 관리와 시간 경영을 하면서 살아왔던 나는 이제야 알게 되었다. 그것은 나 자신을 더욱더 남들과 비슷하게 만들었고, 결국 대체 가능한 사람으로 만들 뿐이라는 사실을 말이다. 다시 말해, 시간 경영만으로는 절대로 최고의 인생을 살아갈 수 없다는 것을 깨달았다. 스펙을 쌓는 것, 자기 계발을 하는 것, 시간 경영을 한다는 것은 모두 자신을 대체 가능한 사람으로 만들어 가는 것에 불과하다는 것을 알게 되었다."
>
> – 김병완, <나는 도서관에서 기적을 만났다>, 아템포, p.161

컴포트존(Comport Zone)을 벗어나자

'관성'이란 말이 있다. 쉽게 말해 '처음의 상태를 계속 유지하려는 성질'을 뜻한다. 인간의 뇌 역시 이와 같이 설계되어 있다. 즉, '변화'를 좋아하지 않는다고 할 수 있다. 『조인트 사고』 저자 코지마 미키토는 "인간의 뇌는 원래 변화를 좋아하지 않는다. 구조적으로 습관을 바꾸려고 하면 불쾌감을 느낀다. 아무것도 바꾸지 않는 것이 편하기 때문에 뇌는 변화를 싫어한다."라고 말한 바 있다. 이는 사실 우리 자신만 들여다봐도 쉽게 발견할 수 있다.

“아…… ○○ 해야 하는데 왜 이렇게 귀찮지……. 다음에 해야지.”

“이렇게 하면 좋은 건 알겠는데 내가 굳이 변화할 필요가 있을까? 그냥 있자.”

“아아아 몰라 그냥 안 할래.”

살다가 종종 마주하게 되는 우리의 자화상이다. 우리는 우리 자신을 변화시킬 수 있는 기회를 앞에 두고도 ‘나에게는 도움이 되지 않을 거야’라며 ‘하지 않아도 되는 이유’를 애써 찾기 위해 노력한다. 스스로 안전지대를 그어 버리는 것이다. 이것을 ‘컴포트존’이라 부른다. 네이버 지식 백과의 정의를 빌리자면, ‘편안함을 느끼는 구역’ 또는 ‘일을 적당히 하거나 요령을 피움’으로 표현할 수 있다. 컴포트존에 있으면 편안하다. 나도 잘 안다. 나 역시 컴포트존에 있으려고 스스로와 끊임없는 전투를 치러왔기 때문이다. 영어에는 ‘Boling Frog’라는 표현이 있다. 직역하면 ‘끓는 물속의 개구리’라는 뜻이다. 만약 처음부터 개구리를 끓는 물속에 넣는다면, 아마 개구리는 깜짝 놀라 뛰쳐나올 것이다. 그런데 만약 처음부터 끓는 물이 아닌, 점점 따뜻해지다 끓게 되는 물속의 개구리는 어떻게 행동할 것 같은가? 개구리는 다가오는 위험을 인지하지 못한 채, 결국 죽고 말 것이다. '따뜻함'이라는 컴포트존에 갇힌 채 말이다. 실제 개구리가 그렇게 행동하느냐에 관해서는 학자들의 의견이 나뉘기도 하지만 여기서는 차치한다. '서서히 일어나는 중요한 변화에 반응하지 않고 무관심한 사람들을 은유하는 표현'으로 실제 사용되는 표현이기 때문이다. 컴포트존에 머물러 있는 한, '위험'이 없는 대신 '큰 성공'도 없다. 알베르트 아인슈타인은 "아무것도 하지 않으면서 무언가 바뀌길 바라는 건 정신병 초기 증세이다."라고 말한 바 있다. 자신의 미래를 바꾸고 싶어 하면서, 지금 행동을 아무것도 바꾸지 않는 것 역시 이와 같지 않을까? 『조인트 사고』 저자 코지마 키티토가 밝힌 '컴포트존에서 벗어나기 위한 3가지 팁'으로 다음 방법을 제시한다.

1. 가능하면 환경을 바꿔라.

2. 가능하면 아무것도 생각하지 말고 일단 움직여라.
3. 작업할 시간대(스케줄)를 매일 정해놓고 그대로 실천하라.

책을 한 권 읽었다. 『사표 내고 도망친 스물아홉 살 공무원』이라는 제목의 책이었다. 먼저 나와 비슷한 나이대라는 점에서, 공무원이라는 안정적인 직장을 그만뒀다는 점에서 흥미가 생겨 읽게 되었다. 9급 공무원으로 재직 중이던 작가는 8급 공무원이 된 3년 차에 돌연 퇴사를 결심한다. 안정적인 직장을 왜 그만두냐는 주변 사람들의 만류가 있었지만, 그녀는 스스로 변화가 필요한 시기임을 직감했다.

"공무원 사직서를 내던 날 밤, 처음 9급 공무원 합격 소식을 들었던 그날을 떠올렸다. '이제 대한민국 평균은 되겠구나'라는 안도감을 느꼈었다. 실제로도 그랬다. 정말 딱 평균의 사람이 되었다. 넉넉하진 않았지만, 매달 들어오는 월급 덕분에 특별히 가난에 쪼들리지는 않았다. 또 정년과 신분이 보장되는 덕분에 적당히 안정적인 삶을 살 수 있었다. 하지만 겉과 다르게 내면은 늘 가난하고 불안했으며, 공허했다."

저자는 어린 시절 본인을 사로잡았던 미국에 나가 일하는 꿈을 떠올렸다. 이십 대 후반이라는 나이에 새로운 시작을 한다는 것이 분명 쉬운 일처럼 느껴지진 않았지만, 그녀는 스스로를 믿고 해외 취업을 도전한다. 책을 읽으며 변화의 용기를 낸 저자가 문득 멋있다는 생각이 들었다. 사실 세상 모든 사람이 나의 직업을 천국이라 말해도, 본인이 느끼기에 지옥과 같다면 그 직업은 천국이 아닌 지옥이 맞다. 다른 누구도 아닌 본인의 이야기에 귀를 기울여야 하는 이유다. 스스로를 믿고 과감히 컴포트존을 벗어나 변화에 도전한 저자의 삶을 응원하고 싶어졌다.

나 역시 다니던 회사의 퇴사를 앞두고 이렇듯 컴포트존을 벗어나는 용기를 내야만 했다. 내가 다니던 회사는 작은 규모의 스타트업이었다. 직원이 아닌 팀원으로 입사 제안을 받았고, 성장 잠재력과 비전이 있는 회사였다. 퇴사를 결심하게 된 것은 불쑥불쑥 올라오는 '내 일을 하고 싶다'라는 마음 때문이었다. 회사 내에서의 모든 개인적인 성과가 결국 나 자신이 아닌 회사를 위한 일로 돌아간다는 점이 내심 허탈했다. 내가 일한 성과가 온전히 내게로 돌아오는 일을 하고 싶었다. 퇴사하게 되면, 안정적인 수익 역시 사라질 수 있다는 두려움 역시 변화를 주저하게 만드는 방해물이 되었다. 오랜 고민 끝에 나는 나 자신을 믿기로 했다. 변화는 분명 두려웠지만, 시간이 흘러 지금의 선택을 후회하게 되는 일이 더 두려웠다. 그렇게 나는 또 한 번의 컴포트존을 벗어났다. 현재는 직장 생활 때와는 비교할 수 없는 만족과 보람을 느끼며 일을 하고 있다. 변화는 두렵다. 하지만 변화를 선택하지 않으면, 아무것도 바뀌지 않는다. 우리에게는 컴포트존을 당당히 벗어날 수 있는 용기가 필요하다.

창작자란 소비자가 아닌 생산자로 산다는 것

생산자가 아닌 소비자로서만 24년을 살아왔다. 처음 생산자로서의 발돋움을 시작하게 된 건, 25살 때 전자책을 출간해 판매하기 시작하면서였다. 누군가 "살면서 온전히 자신만의 힘으로 100원 한 장이라도 판매해 본 경험이 있는 사람이 많지 않다."라고 한 말을 들은 적이 있다. 과거의 내가 그랬다. 하지만 25살 때 처음 전자책을 출간하고 블로그와 크몽 등의 플랫폼에서 판매를 경험하며, 나는 온전히 내 힘만으로 수익을 창출해 내기 시작했다. 전자책 출간을 시작으로 나는 온라인에서 나만의 시스템을 구축해 나가기 시작했다. 독서 모임 커뮤니티, 글쓰기 커뮤니티, 책 쓰기 커뮤니티, 퍼스널 브랜딩 커뮤니티 등 다양한 모임을 만들었다. 블로그, 인스타그램, 네이버 카페를 기반으로 운영했고, 이때의 경험을 바탕으로 나는 현재 나만의 시스템을 구축한 1인 기업의 대표로 일하고 있다.

생산 수단이란 '자본이나 서비스'를 만들어 낼 수 있는 매개체를 뜻한다. 그리고 자본주의 역사는 생산 수단을 가진 자와 그렇지 못한 자의 역사라고 표현해도 과언이 아니다. 부를 축적하는 데 있어 생산 수단이 가지는 역할은 마르크스의 『자본론』을 읽으면 쉽게 이해할 수 있다. 『자본론』에는 상품이나 화폐가 어떻게 생산되는지, 또 이를 통해 축적된 자본은 어떻게 순환되고 분배되는지가 잘 나타나 있다. 물론 이렇게 분배된 자본은 가진 자와 못 가진 자를 나누는 계급으로 작용한다. 예로부터 생산 수단을 가진 자는 부를 독점했고, 생산 수단을 가지지 못한 자는 부의 저편으로 밀려났다. 그렇게 밀려난 이들은 생산자의 밑에서 일하며 그의 부를 늘리는 데 일조했다. 생각해 보면 퇴사하게 된 가장 결정적인 이유 역시 여기에 있는 것 같다. 스타트업에서 근무하던 어느 날 중요한 업무를 잘 마치고 대표님께 성과를 보고할 때였다. 보고를 마치자, 대표님께서는 씨익 웃으시면서 "아, 너무 재밌다. 이렇게 새로운 일들을 실행해 나가는 거 재미있지 않아요?"라고 말했다. 새롭게 가설을 세우고 런칭한 신규 서비스가 성공적으로 진행되었고, 이를 통해 회사 수익 역시 증대될 걸 두고 이야기한 것이었다. 고개를 끄덕이며 그렇다고 대표님께 답했지만, 사실 나는 그렇게 재밌지 않았다. 해당 업무로 인해 회사 수익은 증대될 수 있겠지만, 나의 월급이 더 많아지는 건 아니었기 때문이다. 물론 장기적인 관점에서 본다면 나의 업무 성과에 따라 추후 연봉 협상 등에서 유리한 테이블을 차지하는 등의 유익이 있을 것이다. 하지만 나는 내가 하는 모든 일들이 나 자신이 아닌 타인의 부를 늘리는 데 일조하고 있다는 생각을 멈출 수 없었다.

산업 자본주의 시대의 산업 자본가가 지배 계급으로 올라설 수 있었던 비결 역시 생산 수단의 소유에 있었다. 생산 수단을 가진다는 건 다른 말로 표현하자면 '시스템'을 구축하는 것이다. 성공한 백만장자들의 공통점은 그들이 그들 나름의 시스템을 구축한 사람들이었다는 것이다. 빌 게이츠, 마크 저커버그, 마윈, 제프 베조스……. 이들은 타인이 만든 시스템의 이용자가 되기보다, 스스로 시스템을 만들었고 그 시스템을 통해 어마어마한 부를 획득했다. 『부의 추월차선』이라는 이름의 책을 쓴 엠제이 드마코는 이렇듯 자신만의 시스템을 구축해 부를 획득한 사람들을 두고 '추월차선'을 걷는다고 표현한다. 추월차선을 걷는 사람들은 모두 소비자가 아닌 생산자다. 소비자가 가난한 다수라면, 생산자는 부유한 소수에 해당한다. 당신은 가난한 다수의 소비자인가, 아니면 부유한 소수의 생산자인가? 만약 당신이 후자에 해당하지 않는다고 해도 아직 실망하긴 이르다. 인터넷의 발달로, 누구나 생산자로 살 수 있는 시대가 되었기 때문이다. 산업 자본주의 시대만 하더라도, 나만의 생산 수단을 가지기 위해서는 큰 규모의 자본이 필요했다. 즉, 자본이 있어야 생산 수단을 소유할 수 있고, 그렇게 생산 수단을 소유하게 된 사람이 다시 부를 획득하는 독식의 순환이 일어났다. 하지만 오늘날 생산 수단을 가지기 위해서는 특별한 자본이 필요하지 않다. 소셜 네트워크

서비스(SNS), 홈페이지 등 자신만의 생산 수단을 통해 남부럽지 않은 수익을 벌어들이는 사람이 늘고 있다. 한 통계 자료에 따르면, 인터넷으로 인해 지난 5년간 백만장자가 된 사람이 지난 50년간 백만장자가 된 사람 수의 총합보다 더 많다고 한다.

오늘날 우리에게 다가온 시대는 '창작자'의 시대이다. 모바일 & 소셜미디어는 창작물의 소비 시장을 지구촌 단위로 확장하며 수익을 극대화하고 있다. 고용 사회의 미덕은 다른 사람과 똑같이 행동하며 똑같이 보이는 것이었다. 하지만 온택트 시대로 대표되는 오늘날의 경쟁력은 남들과 다른 데 있다. 자신만의 콘텐츠를 갖고 시스템을 구축해 나가는 개인이 각광받는 시대가 된 것이다. 『지금까지 없던 세상』 저자 이민주 소장은 "2030년이면 똑똑한 개인이 권력자가 되고 세상을 바꿀 것"이라고 말한다. 정부나 기관의 힘은 시간이 지날수록 약해지고 있으며, 똑똑한 개인이 큰 성취를 이루며 세상을 바꾸는 시대가 오고 있다. 사실 우리는 이러한 현상을 이미 경험하고 있다. 누구나 생산 수단을 소유할 수 있게 되었다는 건, 새로운 기회를 왔다는 걸 의미한다. 지금부터라도 소비자에서 생산자로 변화하자. 생산자의 관점은 소비자로만 살았을 때 볼 수 없던 것을 볼 수 있게 한다. 생산자가 되어 당신만의 시스템을 구축하라. 인터넷만 있다면 당신은 얼마든지 당신만의 시스템을 구축할 수 있다.

나는 나의 잠재력을 믿는다

인간은 본인이 지닌 두뇌의 잠재력 중 1%밖에 사용하지 못한 채 죽음을 맞이한다고 한다. 아인슈타인조차 본인이 지닌 잠재력의 15%밖에 사용하지 못하고 죽었다고 한다. 이 말을 들을 때면 항상 궁금해지곤 한다. 인간이 평생 뇌의 1%밖에 사용하지 못하는 건 어쩔 수 없는 일일까? 다시 말해 어떤 특별한 개개인의 노력이나 의지를 통해 더 많은 부분을 사용할 수 있는 걸까? 만약 그렇다면 어떤 방법을 통해 그것이 가능할까? 우리 안에는 아인슈타인, 에디슨, 스티브 잡스, 비틀스와 같은 수많은 천재가 잠들어 있는 것인지도 모른다. 누구나 내면에는 잠든 거인이 있다. 만약 우리가 잠재된 능력을 모두 일깨워 계발해 낸다면 어떻게 될까? 정말이지 엄청난 일들이 벌어지지 않을까? 건축가이자 미래학자인 버크민스터 풀러는 말했다.

> "모든 아이는 천재로 태어난다. 하지만 1만 명 가운데 9,999명의 아이들은 부주의한 어른들에 의해 순식간에 천재성을 박탈당한다."

스탠퍼드 대학교의 심리학자 클로드 스틸은 "낮은 점수를 받는 학생들이 부정적 환경의 신호에 둘러싸여 있고, 그럴수록 학생들은 학교가 자신이 성공하기에 적합한 곳이 아니라는 것을 계속 확인하게 된다."라고 말한다. 또한 스틸의 실험에서 성적이 중간 정도 되는 학생들로부터 '공부를 못 한다'는 주변 신호를 차단하자 성적이 두 배가량 향상되었으며, 이러한 신호를 차단함과 동시에 공부는 '자신의 힘을 키우는 의미 있는 경험'이라는 긍정적 신호를 보낸 또 다른 그룹 역시 이러한 반전의 효과가 시간이 지날수록 강해졌다. 누군가의 낮은 위치와 무너진 열등감이 반대의 사람에게는 조용한 우월감과 성취감이 될 수 있다는 것이다. 나는 "중위권 학생들이 가지는 열등감이 상위권 학생들에는 우월감을 느낄 수 있는 연료로 쓰인다."라는 사실이 무섭게 다가왔다. 이와 동시에 이러한 사실도 모른 채 부정적 신호의 악순환에 빠져 있을 학생들이 안타까웠다.

> "당신이 1등이라면 1등처럼 행동할 것이다. 그러나 꼴찌라면 결코 1등처럼 행동하지 않을 것이다."
>
> -정주영, 『하버드 상위 1퍼센트의 비밀』 중에서

대부분의 평범한 학생들은 평범해지는 신호를 받는다. 평범한 신호를 받는 학생들은 아무도 "내가 똑똑하니까."라고 말하지 않는다. 반대로 "나는 평범하니까."라고 말하는 데 익숙해진다. 우리를 둘러싼 주변의 신호가 1등의 신호가 아니라면, 우선 그 신호부터 차단해야 한다. 사회 심리학자 로랑

베그는 "자기 자신에 대한 생각은 상당 부분 타인의 판단에서 온다."라고 말했다. 얼마나 많은 학생들이 부모님, 선생님, 그리고 친구들이 주는 부정적 신호(판단)들로 자신의 한계를 스스로 규정하고, 그 속에 갇혀 살아가고 있을까. 또한 나 역시 스스로에게 얼마나 많은 부정적 신호들을 보내고, 그로 인해 나의 잠재력이 발현되는 것을 방해했을지 돌아보게 된다.

성공에 관해 오랫동안 고민해 온 세계 유수의 심리학자들은 성공하는 사람들을 연구할수록 '노력하려는 개인의 소박한 의지'보다는 '그들을 둘러싼 긍정적 환경의 신호들'이 그들을 순환적으로 더 노력하게 만들었다고 말한다. 이처럼 우리를 둘러싼 환경이 우리에게 주는 신호의 힘은 강력하다. 그렇다면 우리는 이러한 신호 앞에서, 특히 부정적 신호 앞에서 어떻게 대처해야 할까?

이에 대해 심리학자 앤 크리스틴 포스텐은 '환경의 신호는 우리가 그것을 신뢰해야 영향력이 생긴다'는 사실을 연구 결과로 밝혀낸 바 있다. 인간은 기본적으로 사회 체계를 신뢰하도록 성장해 왔기에 개인을 향한 부정적인 환경의 신호도 신뢰하도록 진화해 왔다. 하지만 이제 그것을 거절해야 할 이유가 분명하게 밝혀졌다고 포스텐은 말하고 있는 것이다. 야외 과학자로 유명한 존 돌턴은 자기 삶 말미에 다음과 같이 말했다고 한다.

> "천재란 없습니다. 만일 세계가 가치 있다고 주목하는 어떤 결과물을 누군가가 만들어 냈다면, 그것은 순전히 실용적인 목표 하나만을 끈질기게 추구한 노력에 의한 것입니다."

이 얼마나 가슴 뛰는 말인가. 누구나 될 수 있다는 신호들을 실제로 누구나 가능하게 만든다. 세계를 서양으로 하여금 주도하게 만들었던 원동력인 '산업 혁명'은 증기 기관의 발명과 함께 시작되었다. 하지만 이 증기 기관을 최초로 만든 사람은 오늘날 스티브 잡스나 빌 게이츠와 같은 사람이 아니었다. 그것은 어이없게도 한 공장 노동자가 10년간 매달려서 만든 작품이었다.

세계적 석학으로 유명한 하워드 가드너는 30년 동안 '혁신적인 사람은 무엇을 가졌는지' 집요하게 연구했다. 그는 하버드에서 실시한 '프로젝트 제로' 연구에 대한 결과로 다음과 같이 말했다.

> "이제 나의 교육학적 견해를 분명하게 드러내야 할 것 같다. 한 분야에 대한 '깊은 이해'가 우리의 주된 목표여야 한다."

심리학의 대가 에이브러햄 매슬로우는 우리 자신이 스스로를 먼저 평범하다고 생각하고 위대한 꿈을 품지 않는 모습을 두고 '요나 콤플렉스'라고 정의 내린 바 있다. 우리에겐 이러한 '요나 콤플렉스'가 있지 않는가?

내 계획은 15년짜리거든

오늘날 우리가 살아가는 사회는 자본주의 사회이다. 그렇다. 돈이 최고로 중요한 사회라고 해도 결코 과장은 아니다. 물론 우리 삶에는 돈보다 중요한 가치가 많이 있지만, 적어도 우리가 살아가는 이 사회는 돈을 최고로 중요시 여기는 것 같아 보인다. 아직 많은 인생을 살지는 못했지만, 나이를 먹어감에 따라 돈이 권력이고 명예라는 생각이 드는 것이 스스로 안타깝게 여겨진다. 오늘날 사회에는 돈이 있는 사람과 그렇지 못한 사람이 철저하게 분리되어 있고, 그 차이는 계급으로 굳어져 쉽게 바꿔지 않는다.

우리는 왜 '돈 공부'를 하지 않을까? 나는 우리가 이 물음에 대해 좀 더 심각하게 생각해 볼 필요가 있다고 느낀다. 돈이 이렇게나 중요한 사회에서 돈 공부의 중요성에 대해 가르쳐주는 사람은 거의 없다는 사실은, 우리가 돈 공부를 하는 것을 원하지 않는 세력이 있다는 것을 말해주는 것은 아닐까? 이미 자본가로서 경제적 자유를 누리고 있는 그들의 기득권을 더 공고히 하기 위해, 매일 일하지 않고서는 생계를 이어나갈 수 없는 노동자들에게 돈 공부를 의도적으로 시키지 않는 것은 아닐까? 조선 시대 양반들이 훈민정음 창제 및 반포를 반대했던 가장 큰 이유는, 문자를 알게 된 백성들로 인해 자신들이 기존에 누리고 있던 특권을 못 누리게 되는 것을 두려워했기 때문이었다.

마르크스는 『자본론』에서 자본주의의 착취성에 대해 비판한 바 있다. 과거와 마찬가지로 오늘날 우리가 소비하는 재화는 원료와 노동력의 합으로 이루어진다. 그렇다면 그렇게 만들어진 재화의 가격은 정확히 '원룟값+노동력 값'으로 책

정될까? 우리는 그렇지 않다는 것을 잘 알고 있다. 재화의 가격에는 '이윤'이라는 게 붙게 되고, 이 이윤은 온전히 자본가의 몫으로 돌아가게 된다. 결국 더 많은 재화를 생산할수록 그로 인해 창출된 더 많은 이윤은 자본가에게로 돌아가고, 노동자는 이로 인해 발생한 이윤을 단 한 푼도 가져가지 못한다. 단순히 이러한 사실만 살펴보더라도, 우리는 노동자의 신분만으로는 경제적 자유에 이를 수 없다는 것을 알 수 있다. 따라서, 노동을 통해 창출하는 적극적 수익 대신, 돈이 돈을 버는 시스템을 구축하는 일에 해당하는 소극적 수익만이 우리를 경제적 자유에 이르게 할 수 있다.

경제적 자유에 이르기 위해서는 돈이 돈을 버는 시스템을 구축해야만 한다. 이러한 시스템을 구축하기 위해 주식, 부동산 등의 투자는 필수적이고, 투자를 하기 위해서는 돈에 관한 공부가 필요하다. 몇 년 전 생애 처음으로 모의 주식투자대회를 신청했다. 주식에 대해서는 아무것도 모르는 내가 모의 주식투자대회를 신청하다니, 어떻게 보면 그저 웃음만 나올 만한 상황이었다. 하지만 나는 아무것도 모르는 상태에서 신청한 이 대회가, 앞으로 계속될 돈 공부의 유의미한 시작이 될 것이라 믿었다. 모의 주식투자대회를 신청한 것이 돈 공부를 시작해야겠다고 마음먹은 후 가장 잘한 선택이었다고 확신했다. (물론 대회의 결과는 아주 처참했다)

우리는 모두 부자가 되고 싶다. 그것도 아주 많이 말이다. 하지만 스스로 진짜 부자가 될 수 있다고 생각하는 사람은 많지 않다. 10만 원을 벌기 위한 생각과 10억 원을 벌기 위한 생각은 다르다. 평범하지 않은 문제는 평범한 답으로 풀 수 없다. 만약 당장 10만 원을 벌어야 한다면 어떠한 선택을 하겠는가? 그리고 만약 당장 10억 원을 벌어야 한다면 당신은 어떤 선택을 하겠는가? 분명한 건 10만 원을 벌기 위해 선택한 방법으로 10억 원을 벌기는 요원하다는 것이다. 부자가 되기를 원한다면 부자가 되기 위한 생각을 하자. 그리고 부자가 되기 위한 올바른 방법으로 노력하자.

나의 목표는 10년 안에 10억 원의 자산을 모으는 것이다. 나는 아직 어리고, 무엇이든 할 수 있기에 목표를 이루는 것이 불가능하다고 생각하지 않는다. 오히려 얼마든지 목표를 이룰 수 있다고 생각한다. 내가 부자가 되고 싶은 이유는 경제적 자유를 누리기 위해서이다. 내가 살고 싶은 삶을 사는

데 있어 물질적 조건이 방해되지 않기 위해, 나는 최대한 '빨리' 부자가 되려 한다. 그와 동시에 내가 살고 싶은 삶이 어떤 삶인지에 대해서도 진지하게 고민해 보려 한다. 경제적 자유를 얻고 싶은 가장 큰 이유는, 사랑하는 사람들과 소중한 시간을 더 많이 보내기 위해서다.

부자들은 입 모아 "돈이 있으면 어느 정도 행복해지는 건 맞지만, 돈이 행복을 책임져주지는 않는다."라고 고백한다. 비록 몸이 아닌 마음만 부자인 사람이지만, 나는 이 말의 의미에 깊이 공감한다. 물론, 돈은 행복을 책임져줄 수 없을 것이다. 하지만 적절한 소비와 지출은 나와 소중한 사람들을 행복하게 해줄 수 있다는 사실을 안다. 어제, 아빠의 생신을 맞아 온 가족이 모여 함께 시간을 보냈다. 아빠에게 선물을 사드리며, 그리고 식사를 대접하며, 이를 통해 온 가족이 함께 소중한 시간을 보내며 오랜만에 행복을 경험했다. 만약 이 정도도 지출할 수 있는 여유가 없었다면, 과연 이러한 행복을 느낄 수 있었을까 싶었다. 집에 돌아오기 전, 부모님께 내년에 제주도로 효도 관광 여행을 보내드리겠다는 말씀을 드렸다. 소중한 사람들과 의미 있는 시간을 보내고 싶을 때 비용 때문에 주저하지 않아도 괜찮을 정도의 사람이 되고 싶다.

몇 년 전 인기리에 방영되었던 〈이태원 클라쓰〉의 주인공 박새로이는 말했다.

"내 계획은 15년짜리거든."

경제적 자유를 향한 내 계획 역시 10년짜리 계획이다. 서두를 필요도, 조급할 필요도 없다. 나는 내가 계획한 건 반드시 이루는 사람이니깐. 천천히 그리고 꾸준히 계획을 실행해 나갈 것이다.

늦었다고 생각할 때가 진짜 너무 늦었다?

고등학생 때 친구와 하교하다 동네 사거리 근처 공터를 보고 친구가 문득 말했다. "야, 저기 맥도날드 같은 패스트푸드점 들어서면 대박 날 것 같지 않냐?" 사거리에 위치한 주유소가 사라지면서 생긴 공터인데, 친구 이야기를 들으며 '뭐 그럴 수도 있겠네.' 정도로만 생각하고 넘어갔다. 그런데 이게 웬일인가. 실제로 몇 달 후 해당 자리에 맥도날드가 생겼다. 깜짝 놀란 나는 친구에게 '너 여기 맥도날드 생길 거 알고 말한 거지?'라고 물었다. 친구는 아니라고 했다. 그때 친구의 놀라울 정도의 통찰력(?)과 신기했던 기억은 아직까지 선명하다. 롯데리아를 제외하곤 우리 동네에 두 번째로 들어섰던 패스트푸드점인 맥도날드는 학생들과 직장인들의 성지가 되었고, 실제로 대박이 났던 기억이 난다. 우리는 가끔씩 누가 어떤 아이디어로 대박을 쳤다는 소식을 들으면, 아래와 같이 생각하곤 한다.

"아, 저거 나도 생각했던 건데……."

맞다. 당신도 그 아이디어를 생각했을 거다. 그런데 사실 당신 말고도 그런 생각을 한 사람들은 차고 넘친다. 생각이 생각에서 그치는 사람과, 그 생각이 현실이 되는 사람 간의 차이는 '실행'에 있다. 손자병법에는 다음과 같은 말이 나온다.

"졸속(拙速)이 지완(遲緩)을 이긴다."

졸속이란 '어설프고 빠름. 또는 그런 태도'를 뜻한다. 그리고 지완은 '더디고 누그러짐'을 뜻한다. 『손자병법』은 중국의 손자가 지은 병법서다. 전쟁에서 승리하기 위해서는 전략과 전술의 구사가 중요하다고 할 수 있다. 하지만 급박하게 돌아가는 전쟁터의 상황을 고려할 때, 늘 완벽하게 준비된 상태로만 전쟁에 임할 수는 없는 법이다. 때로는 어설프지만 빠른 판단과 행동이 전쟁에서의 승기를 잡는데 유리하다는 의미를 내포하는 말이다. 바둑에는 "장고 끝에 악수 둔다."라는 표현이 있다. 너무 많은 고민은 때때로 좋지 못한 결과로 이어질 수도 있는 법이다.

많은 사람이 꿈을 꾸며 살아간다. 나는 아직 꿈을 향해 달려 나가는 중이지만, 오랜 기간 꿈꿨던 1인 기업가의 꿈을 이루기도 했다. 그리고 나는 내 꿈을 이루는데 있어 이 '기술'이 주효했다고 생각한다. 이 기술은 바로 추격이다.

> "늦었다는 패배감 때문에 출발선에서 망설여서는 절대로 안 된다. 내 앞에 이미 수백만 개의 점이 찍혀 있을 때 추격자로 시작하는 것이 정상이다."
>
> -김미경, 『김미경의 리부트』 중에서

우리가 익히 아는 성공한 사람들도 사실은 '추격자'로 시작했던 경우가 대부분이다. 남들과 동일 선상에서 시작하지 않았다고, 그 일에서 실패한다는 법은 없다. 시작도 하기 전에 패배감을 느끼는 건 전혀 도움이 되지 않는다. 나의 1인 기업가로서의 삶 역시 추격에서 시작되었다. 나는 2020년 8월 중순부터 지식 창업을 시작했다. 그리고 그때만 하더라도 지식 창업에 관해 내가 아는 건 하나도 없었다. 내가 한 건 벤치마킹할 대상을 찾는 것이었다. 그 당시 내가 느끼기에 지식 창업을 선두하고 있는 것처럼 보이는 사람이 있었고, 그 사람이 걸어온 길을 나만의 방식으로 따라가기 시작했다. 추격이 시작된 것이었다. 당시 4개월간 7권의 전자책을 출간한 그 사람을 보며, 나는 더 많은 전자책을 출간해야겠다고 다짐했다. 그리고 3개월이 채 되지 않아 5권의 전자책과 1권의 종이책을 출간하게 되었다. 프로젝트와 컨설팅을 통해 수익을 창출하는 모습을 발견했고, 나 역시 프로젝트와 컨설팅을 시작해 월 200만 원 이상의 수익 모델을 구축하였다.

추격의 핵심은 '속력'에 있다. 속력을 내지 않은 추격은 추격이라 할 수 없다. 지식 창업을 시작한 지 3개월이 되지 않아 5권의 전자책과 1권의 종이책을 출간하고, 월 200만 원 이상의 수익 모델을 구축할 수 있었던 비결 역시 속력을 올린 추격에 있었다.

장거리 트럭 운전사로 일하던 40대 미국 남성이 있다. 그의 이름은 '제리 살츠'다. 그는 41살이라는 나이에 처음 미술 평론에 입문한다. 2018년에 미술 평론 부문 '퓰리처상'을 수상한다. 정식으로 미술 교육을 받은 적도 없고, 글쓰기 관련 학위도 없는 그였지만, 꿈을 좇은 그는 현재 뉴욕 매거진의 수석 미술 평론가로 왕성히 활동하고 있다. 김미경 강사는 "평범한 사람들의 가장 평범한 두려움은 남보다 늦었다는 불안감이다."라고 말했다. 우리 대부분은 비범한 사람들이 아닌 평범한 사람들이다. 하지만 평범한 사람이라고 해서 성공하지 못할 이유는 없다. 추격보다 더 용기 있는 출발은 없다. 추격이야말로 꿈을 가진 평범한 사람의 가장 용기 있는 선택이라 할 수 있다.

비록 첫 창업은 실패로 끝이 났지만

내가 '1인 기업가'에 본격적인 관심을 갖게 된 건 대학교 4학년 때부터였다. 하지만 대학을 입학한 후부터 남들과 똑같이 월급 받으며 회사 생활을 하는 것에 대한 거부감이 있었다. 대학에 입학한 20살 때부터 나의 고민은 '어떻게 하면 남들과 다르게 살 수 있을까?'였다. 뭣도 모를 시기였던 20살, 나는 그렇게 아는 선생님 한 분과 교육 서비스 창업을 시작했다. 요즘 많이 찾아볼 수 있는 자기 주도 학습 & 입시 서비스를 제공하는 교육 플랫폼 사업이었다. 전형적인 문과생이었음에도 웹 사이트 구축을 위해 두꺼운 PHP 언어 교재를 공부하던 것이 아직도 생생하다. 그것이 나의 첫 번째 창업 시도였고, 열정을 다했지만 아쉽게도 첫 번째 창업은 실패로 끝났다. 실패의 요인에는 여러 가지가 있겠지만, 아직 창업을 위한 준비가 덜 되었다는 점이 컸던 것 같다. 첫 번째 창업이 실패로 끝났지만, 그 이후에도 '내 일을 해야겠다'는 마음은 사라지지 않았다. 오히려 시간이 지날수록 더 커져갔다.

'내 일을 해야겠다'라는 마음은 '1인 기업가'의 꿈으로 이어졌고, 오랫동안 1인 기업가로 살기 위한 방법을 고민했다. 1인 기업의 삶을 발견하고 내 가슴은 뛰기 시작했다. 하루빨리 회사와 월급 생활에서 벗어나, 시간과 장소에 상관없이 자유롭게 일하는 1인 기업가가 되고 싶었다. 그런데 1인 기업가의 삶은, 내가 살고 싶다고 바로 살 수 있는 것이 아니었다. 주변 사람들에게도 "나는 1인 기업가가 될 거야."라고 말하고 다녔지만, 구체적으로 어떤 일을 통해 돈을 벌며 살지에 대한 막막함을 숨길 수가 없었다. 그렇게 1인 기업가에 관련된 책들을 닥치는 대로 찾아봤던 것 같다. 블로그를 활용한 방법도 많이 구상해 보았지만, 딱히 별다른 좋은 방법이 떠오르지는 않았다. 하지만 일단 블로그를 시작하기로 했고, 그렇게 1년 2개월간 별다른 성과 없이 운영했다. 그리고 4년 전, 본격적으로 블로그를 '공부'하며 운영하기 시작했다. 지난 1년 2개월간은 그냥 머릿속으로 구상하고, 실천하는 게 전부였다면, 이때의 차이점은 '벤치마킹'할 대상들을 찾았다는 데 있었다. 그리고 이 사실의 차이는 어마어마하게 컸다. 1년 2개월간 아무런 성과가 없었던 것과 반해, 이 '벤치마킹'할 대상을 찾는 행위 덕분에 1개월 만에 효과가 나타났기 때문이다.

우연히 어느 블로거를 보게 되었다. 그때만 해도 나에게는 20, 30페이지 내외의 파일을 1만 원이 넘는 돈을 주고 구매한다는 게 신세계였다. 그런데 그 사람은 이미 그러한 파일을 만들어 돈을 벌고 있었다. 그렇게 만든 파일만 해도 그 당시 이미 5개에 달했고, 그 파일의 이름은 'PDF 전자책'이었다. 그 사람의 모습은 내게 굉장히 큰 인상을 남겼다. 나도 전자책을 써야겠다고 다짐했다. 하지만 처음이다 보니, 무엇부터 시작해야 할지도, 어떻게 해야 할지도 몰랐다. 일단 무작정 시중에 나와 있는 전자책을 읽기 시작했다. 무료로 나와 있는 것도 읽고, 유료로 나와 있는 것을 구매해 읽기도 했다. 그리고 그렇게 인생 첫 전자책을 완성시킬 수 있었다. 이후 계속해서 전자책을 출간했고, 한 달 만에 4권의 전자책을 집필해 낼 수 있었다. 그렇게 출간된 전자책은 내게 한 달에 50만 원이라는 첫 월급 외 수익을 가져다주었다. 전자책만으로는 내가 원하는 만큼의 수익을 창출하기 부족했고, 프로젝트와 컨설팅을 열었다. 프로젝트와 컨설팅 주제는 '전자책 쓰는 법'이었다. 한 달 만에 4권의 전자책을 출간하고 나니, 전자책 쓰는 법에 도가 튼 것 같이 느껴졌다. 다른 사람들을 얼마든지 도와줄 수 있겠다는 생각이 들었다. 프로젝트를 열었고, 사람들을 모집했다. 첫 프로젝트인데도 많은 사람이 지원을 해주었고, 한 달간 열심히 프로젝트를 이끌어 전원 전자책 출간이라는 성과를 달성할 수 있었다. 다음 달 비용을 올려 프로젝트를 진행했고, 이 역시 전원 출간 소식과 함께 프로젝트를 마무리했다. 프로젝트 참여는 부담스럽지만, 전자책 출간의 도움을 얻고 싶은 사람들은 비용을 받고 개인 컨설팅을 진행했다. 컨설팅의 만족도는 아주 좋았다. 어느덧 나는 지식 창업 시작 3개월 만에 한 달에 200만 원의 월급 외 수익을 창출한 지식 창업가가 되어있었다. 나는 그저 내가 가진 지식을 나누어 주었을 뿐인데, 수익은 물론 나를 믿고 따라와 주는 팬들까지 얻게 되었다.

1인 지식 창업은 확실히 돈이 되는 일이다. 자본 투입에 대한 부담감, 실패 리스크를 감수할 필요 없이 이렇게 높은 수익을 창출할 수 있는 일이 과연 또 있을까 싶다. 나는 1인 지식 창업의 경쟁력을 지식 창업 시작 3개월 만에 한 달 월급 외 수익 200만 원을 벌며 실감할 수 있었다. 200만 원이면 일반 대학생이 아르바이트를 주 5일 풀타임을 뛰었을 때 버는 돈이다. 나는 지식 창업 시작 전까지 남들과 다를 것 없는 평범한 대학생이었다. 그런 내가 1인 지식 창업을 통해 최저 시급 10배에 달하는 돈을 시간당 벌었으니, 1인 지식 창업의 수익성은 확실히 보장된다고 할 수 있다. 타인의 삶에 도움을 주는 삶만큼 의미 있는 삶이 있을까? 나를 만난 사람들은 한결같이 나에게 고마워했다. 심지어 돈을 지불한 건 본인인데도 나에게 오히려 고맙다는 인사를 거듭했다. 일례로, 나에게 전자책 컨설팅을 받았던 사람 중 한 명은, 이미 10만 원의 돈을 지불했음에도 컨설팅이 끝나고 3만 원짜리 스타벅스 상품

권을 보내주었다. 처음에는 이러한 상황이 쉽게 적응되지 않았지만, 나는 점차 익숙해졌다. 나는 종종 유료의 가치를 지닌 강의와 컨설팅을 무료로 연다. 1인 지식 창업을 시작하며 세상에 나의 도움을 필요로 하는 사람이 많다는 사실을 알게 되었기 때문이다. 나는 내가 가진 지식을 통해 다른 사람들을 돕는 일이 좋다.

남들과 똑같이 살고 싶지 않아 선택한 1인 기업가의 삶

지식 창업은 1인 기업가의 삶을 표방한다. 흔히들 1인 기업가와 프리랜서를 혼용해 쓰곤 한다. 하지만 이 둘은 엄연히 다르다. 『나는 1인 기업가다』 저자 홍순성 작가는 프리랜서와 1인 기업가의 차이를 '누군가의 요청에 의해 일을 하느냐'와 '스스로 일을 창출하느냐'로 구분한다. 1인 기업가가 스스로 일을 창출해 내는 사람을 의미한다면 1인 지식 창업가 역시 이와 다르지 않다. 그리고 이렇듯 스스로 일을 창출해 낼 수 있는 능력은 4차 산업 혁명과 코로나19로 바뀐 일자리 환경에서의 경쟁력을 뜻한다. 1인 지식 창업가는 외부 환경과 상관없이 자신의 일을 해내는 사람이다. 회사나 조직에 소속되지 않았기 때문에 변화에 발맞춰 재빠르게 대응하는 것이 가능하다. 이와 관련해 테크숍 회장 짐 뉴턴은 "앞으로는 좋은 아이디어의 상품을 발 빠르게 제품화하는 것이 중요한 만큼 실행에 비교적 적은 시간이 걸리는 1인 기업이 주목받을 것이다."라고 말하기도 했다. 최근 들어 1인 기업가로 살고자 하는 사람이 크게 늘어난 것처럼 보인다. 하지만 사실 이러한 변화는 예전부터 조금씩 진행되고 있었다. 2015년 통계청 발표에 따르면, 2014년 9만 2,001개였던 1인 기업의 수가 연 사이 11만 9,000개가 늘어났다고 한다. 1년 만에 무려 2배 이상 증가한 것이다. 2~4인 기업은 6만 2,000개, 5~9인 기업은 4만 2,000개, 10인 이상 기업은 6,000개가량이 증가하는 데 그친 것을 볼 때 큰 증가 폭이라 할 수 있다. 흥미로운 사실은 이러한 변화가 비단 한국만의 이야기가 아니라는 점이다. 2016년 12월 30일 자《미주한국일보》에 따르면 미국에서 1인 기업의 수가 11년간 17퍼센트 늘어났다고 한다.

인디펜던트 워커, 긱워커…… 나는 바야흐로 1인 기업가 특히 1인 지식 창업가의 시대가 도래했다고 믿는다. 지금도 수많은 사람들이 자신이 지닌 지식과 노하우로 월 수천만 원, 연간 수억 원의 수익을 벌어들이고 있다. 내가 아는 어느 1인 기업가는 본인이 가진 마케팅 능력을 활용해 블로그 마케팅 교육을 하는 회사를 차려 몇 개월 만에 월 천만 원의 수익을 달성했다. 한편 명문대 의대에 합격한 입시 경험을 바탕으로 입시 컨설팅 회사를 차려 월 4천만 원의 순이익을 창출한 1인 기업가도 있다. 놀라운 점은 그의 나이가 올해 25살에 불과하다는 점이다. 1인 지식 창업의 문은 누구에게나 열려있다. 1인 지식 창업이 매력적인 이유는 별도의 자본을 요하지 않는다는 점이다. 많은 직장인이 퇴직 후 수억 원을 들여 창업을 시작했다가 1년 안에 실패를 경험한다. 1인 지식 창업은 누구나 자본 없이 시작 가능한 진짜 무자본 창업이다. 투자되는 자본이 없으니 자연히 감당해야 할 리스크도 없다. 오히려 1인 지식 창업에서는 실패가 용인된다. 실패를 더 나은 발전을 위한 경험으로 삼을 수 있기 때문이다. 지식 창업이 돈이 되는 원리는 바로 '최적화'에 있다. 최적화Optimization란 원래 수학에서 사용되는 용어다. 네이버 수학 백과에 따르면 '주어진 범위 안에서 최댓값 또는 최솟값을 찾아 자원 또는 비용의 효율성을 추구하는 것'을 의미한다. 여기서 우리가 중점을 둘 부분은 바로 자원 또는 비용의 효율성이다. 최적화한다는 건 자원 또는 비용의 효율성을 추구한다는 것을 뜻한다.

지식 창업을 시작하는 당신에게 필요한 건 자격증이나 학위가 아닌 '코어 콘텐츠'이다. 즉, '핵심 콘텐츠'를 뜻한다. 나의 경우 책 쓰는 방법이 코어 콘텐츠라 할 수 있다. 나는 『하루 1시간, 8주에 끝내는 책쓰기』라는 이름의 책을 출간했다. 사람들은 이런 나를 책 쓰기 전문가라고 부른다. 하지만 내게 책 쓰는 법 관련 자격증 또는 학위가 있을까? 내 전공은 교육학이고, 관련된 자격증 역시 전혀 없다. 내가 한 일은 충분한 자료 조사 과정을 거쳐, 한 권의 책을 집필한 것이다. 그리고 이 책은 나의 핵심 콘텐츠, 즉 코어 콘텐츠가 되었다. 책 쓰는 법으로 유료 모임까지 진행하게 되었으니 확실히 핵심 콘텐츠라 말할 수 있을 것 같다. 성공적인 지식 창업을 위해 당신이 해야 할 일은, 바로 이러한 코어 콘텐츠를 기획하고 개발하는 것이다. 사람들은 자신의 삶을 개선할 수 있는 지식을 돈 주고 산다. 수년간 온라인에서 지식 창업을 경험하며 다음과 같은 사실을 깨달을 수 있었다.

"사람들은 싸다고 해서 무조건 사거나, 비싸다고 해서 무조건 안 사지 않는다."

그냥, 당신의 지식과 경험이 도움 된다 싶으면 사는 것이다. 그 지식이 정말 나에게 필요하다면 가격과 상관없이 사게 되어 있다. 단순히 가격을 어떻게 정할까? 이전에 당신의 콘텐츠가 사람들에게 얼마나 도움이 될 수 있는지를 고민하는 것이 필요한 이유다.

최근 들어 무자본 창업에 대한 열기가 뜨거워졌다. 너도나도 무자본 창업의 반열에 뛰어들고 있다. 나만 해도 그렇게 뛰어든 사람 중 한 명이었다. 지식 창업은 대표적인 무자본 창업이다. 사람들이 지식 창업을 시작하는 이유에는 여러 가지 있을 것이다. 코로나로 인해 오프라인의 한계를 느낀 사람, 월급 생활의 한계를 느끼고 이제는 회사에 의존하지 않고 수익을 창출하고 싶은 사람, 직장을 다니면서 부가적인 수입을 얻고 싶은 사람 등이 해당한다. 집에 있으면서 돈을 벌고 싶은 사람, 내가 원하는 일을 하며 돈을 벌고 싶은 사람, 나만의 브랜드나 1인 기업을 만들고 싶은 사람도 있을 것이다. 또는 사람들을 돕고 싶은 마음에, 의미 있는 시도라는 생각에 지식 창업에 관심을 갖게 된 사람도 있을 것이다. 내가 지식 창업을 시작한 동기는 남들과 똑같이 살고 싶지 않아서였다. 앞에서도 잠깐 말했지만, 나는 정답이 아닌 정답을 강요하는 이 사회가 싫었다. 물고기에게 나무 타는 법을 가르치는, 또 그러한 기준으로 편을 가르고 등급을 매기는 한국 교육에 회의감을 느꼈고, 그러한 인생 매뉴얼대로 살지 않겠다는 마음이 지식 창업의 가장 큰 동기였다. 아마 나의 이러한 동기에 공감하는 독자가 있을 거라 생각한다. 그렇다면 당신이 지식 창업을 통해 이루고자 하는 목적은 무엇인가? 시간적 공간적 자유? 경제적 자유? 아니면 당신을 퍼스널 브랜딩 해서 당신의 가치를 높이는 것인가? 나의 목적은 시간과 공간적 자유를 누림으로써, 내게 보다 중요한 우선순위를 지니는 일에 집중하는 것이다. 지식 창업을 함으로써 얻어지는 시간적 공간적 자유를 소중한 사람들과 더 많이 보내고 싶다.

제 꿈은 30대 경제적 자유인데요?

나의 목표는 30대에 경제적 자유를 이루는 것이다. 내 나이가 현재 29살이니 앞으로 길어봐야 10년 남짓한 시간이 남았다. 대학에서 교육학을 전공한 나의 원래 꿈은 학교 교사가 되는 것이었다. 교육에 관심이 많았던 것도 사실이지만, 교사를 꿈꾸게 된 데는 '안정성'이 한몫했다. 적어도 월급을 걱정하지 않아도 된다는 것과 퇴직 후 꾸준히 연금을 수령할 수 있다는 사실이 내게 매력적으로 다가왔다. 그런데 이런 교사의 삶에 유일한 아쉬움이 있었다. 그건 바로 수입이었다. 일하는 동안 벌어들일 수 있는 수입의 크기가 정해져 있다는 사실이 못내 아쉬웠다. 어린 시절 가난한 환경에서 성장한 탓에 돈을 많이 벌고 싶었다. 적어도 내가 성과를 낸 만큼은 보상받을 수 있는 일을 하고 싶었다. 하지만 국가 공무원의 봉급 제도는 그렇지 못했다. 나는 과감히 교사의 길을 포기하기로 했고 1인 지식 창업을 하기로 했다.

내가 알고 있었던 돈을 버는 방법은 크게 두 가지가 전부였다. 첫째, 회사나 국가로부터 월급을 받는 것. 둘째, 장사를 통해 돈을 버는 것. 하지만 내가 알고 있었던 돈을 버는 방법은 극히 일부에 지나지 않았다. 세상에는 정말 다양한 돈을 버는 법이 존재했기 때문이다. 매달 수천만 원, 혹은 수억 원을 벌어들이는 사람들의 공통점은 그들만의 '시스템'을 구축했다는 것이었다. 그들은 각자만의 방법으로 시스템을 구축하고 운영하고 있었다. 그들은 일주일에 몇 시간 관리하는 것만으로 저절로 굴러가는 시스템을 가진 '생산자'들이었다. 나는 내 안에 '나도 이러한 시스템을 구축해 시간적, 경제적 자유를 이루고 싶다'는 마음이 들어선 것을 느낄 수 있었다. 그 사람들이 지나간 길을 나라고 가지 못하란 법이 없다고 스스로 다짐했다. 아직도 많은 사람들이 50대, 60대가 되어서야 경제적 자유를 이룰 수 있다는 잘못된 생각을 가지고 살아간다. 하지만 오늘날은 60대가 되지 않고도 얼마든지 이른 나이에 은퇴해 경제적 자유를 이루는 것이 가능한 시대이다. 실제로 내 주변에는 20대에 벌써부터 한 달에 천만 원 이상의 수익을 벌어들이는 사람이 많다. 『월수입 3,000만 원 1인 비즈니스』 저자 이종서 작가 역시 "예전보다 요즘이 스펙이나 학위와 관계없이 개인이 돈을 벌기가 훨씬 수월한 시대"라고 말한다. 나는 내가 30대에 경제적 자유를 이룰 수 있을 것이라 믿는다. 그러기 위해 오늘도 끊임없이 배움과 도전을 실천한다.

이승준 작가의 『돈과 시간에서 자유로운 1인 기업 완결편』을 보면 다음과 같은 말이 나온다.

> "1인 기업가 정신을 가지고 사는 사람들은 무언가에 얽매여 있지 않다. 항상 자신이 추구하는 목표와 신념을 이루기 위해 노력하고 자기 인생의 주인으로 살아간다."

돌이켜 보면 나의 20대 초반은 '내 삶의 주인'으로 살기 위해 발버둥을 친 시기인 것 같다. 초·중·고 12년간 내가 아닌 타인의 삶을 산 덕분에 대한민국 최고의 사립 명문대에 입학할 수 있었다. 워낙 긴 시간을 대학 입시라는 목표에 얽매여 산 탓에 20살부터는 더는 그런 삶을 살고 싶지 않았다. 당시 같은 해 입학한 대학 동기들의 관심사는 술자리, 미팅, 그리고 동아리에 온통 가 있었다. 하지만 그에 반해 내 관심은 온통 '어떻게 하면 내 삶의 주인으로 살 수 있을지'에 가 있었던 것으로 기억한다. 대학생 시절 나는 S 장학 재단에 속해있는 장학생이었다. 장학 재단은 1년에 두 번씩 장학생들의 현재 희망 진로를 조사하곤 했다. 나는 그때마다 예외 없이 희망 진로에 '창업' 두 글자를 적었다. 명확히 정해진 창업 아이템이 있었던 것은 아니다. 다만 다른 장학생들과 똑같이 '대기업 취업', '대학원 진학' 등의 진로를 적고 싶지 않았을 뿐이다. 만약 그렇게 하면 나 역시 대한민국의 수많은 대학생과 똑같아질 것만 같았다. 가치성장연구소의 대표이자 1인 기업가로 살고 있는 서지은 소장은 1인 기업가로 살게 된 이유를 다음과 같이 설명한다.

"청춘을 버려가며 얻는 대가로 돈을 벌고 싶지는 않았다. 내 시간과 청춘과 내 삶이 일에 투입되는 만큼 나 자신이 성장하는 삶이 되고 싶었다. '내'가 아니어도 대체될 수 있는 조직의 부속품이 아니라 '내'가 아니면 안 되는 그런 일을 하고 싶었다."

자기 삶의 주인으로 산다는 것은 '성장하는 삶'을 사는 것을 의미한다. 나는 성장하는 삶이 살고 싶었다. 평생 해야 하는 그 일이 나를 지속적으로 성장시켜 주는 일이 되기를 바랐다. 그러한 나에게 1인 지식 창업은 가장 좋은 대안이자 정답이었다. 2년 전 어느 유튜브 채널과의 인터뷰 촬영에 참여했다. 인터뷰를 진행하시는 분이 내게 "27살 현재 최영원을 한 단어로 표현하자면?"이라는 질문을 했고, 잠시 고민한 나는 '모소대나무'라고 답했다. 모소대나무는 중동 극동 지방에 자라는데, 씨앗이 뿌려진 4년 동안 3cm밖에 자라지 않는다고 한다. 하지만 5년째에 해당하는 해부터는 매일 30cm씩 폭발적으로 자라며 6주 만에 15미터에 달해 하늘을 빼곡 채우는 모소대나무 숲을 이룬다. 종이책 출간 후 본격적인 1인 기업가의 삶을 살게 된 현재의 나는 내외적으로 많은 성장이 있었다고 믿는다. 하지만 이러한 성장이 결코 단번에 이루어진 것이 아님을 나는 너무 잘 안다. 막연히 창업을 꿈꾸던 20살, 본격적인 1인 기업가를 꿈꾸던 24살 때부터의 고민과 노력이 있었기 때문에 지금의 성장이 있을 수 있었다. 나는 앞으로 1년, 2년 시간이 흐를수록 나는 내가 더욱 성장할 것이라 믿는다. 내가 만약 주변 친구들처럼 일반 회사 취직을 목표로 했다면 과연 이 같은 폭발적인 성장을 하고, 또 꿈꿀 수 있었을까? 그렇지 않았을 것이라 본다. 물론 해당 직무에서는 일종의 성과를 얻을 수 있었을 것이다. 하지만 그 성과는 어디까지나 그 회사 안에서만 유의미한 성과이다. 나는 스스로 삶의 주인이 되어 회사나 어떤 조직이 아닌 나의 브랜드를 키우기 위해 1인 지식 창업을 시작했다. '○○' 회사 사람이 아닌 '최영원' 이름 세 글자로 당당히 이 세상을 살아가고자 한다. 열심히 일할수록 다른 사람들의 브랜드를 키우는 삶을 사는 사람이 너무 많다. 현재 당신은 어떤 삶을 살고 있는가? 만약 당신도 이와 같다면, 오늘부터 자기 삶의 주인공으로 살며 폭발적인 성장을 경험하는 삶을 살아보지 않겠는가?

4장

나답게 읽으며
살고 있습니다

명문대 4년보다, 도서관 3개월이 나았던 이유

『굿 윌 헌팅』이라는 이름의 영화가 있다. MIT 대학 청소 노동자 아르바이트를 하는 '윌'은 수학에 있어 천재적 재능을 타고난 가난한 청년이다. 그런 윌이 어느 날 하버드 대학 근처 바에서 지적 허영에 가득 찬 하버드생 남자를 만난다. 그는 오늘도 어김없이 알고 있는 지식을 뽐내며 여자들을 꼬시고 있다. 그런 하버드생 남자에게 옷차림만으로도 한눈에 가난해 보이는 노동자 계층의 '윌' 은 별 볼 일 없는 존재였을 것. 그는 이를 드러내듯 윌을 자극하지만, 가난하지만 책 읽기를 좋아했던 윌 앞에서 자신이 뽐내던 지식이 얼마나 단편적인 것들이었는지를 드러내고야 만다. 덕분에 같이 있는 여자들에게 개(?)망신당한 건 당연한 일. 그때 윌이 남학생에게 했던 말이 있는데, 나는 이 대사를 처음 들은 이후로 단 한 번도 잊은 적이 없다.

> "15만 달러를 그 잘난 교육에 탕진하느니, 차라리 1달러 50센트 내고 도서관에 가는 게 이익이란 거!"

15만 달러라면 우리 돈으로 1억 7,800만 원 정도에 달하는 금액이다. 그리고 1달러 50센트는 1천 7백 원 정도에 해당한다. 충격적이었다. 세계 최고의 대학에 다니고 있는 학생에게, "천 원 내고 도서관 다니는 게 너네 학교 다니는 것보다 훨씬 낫다."라고 말하고 있는 것 아닌가. 그런데 여기서 놀라운 사실은 실제 이러한 말과 유사한 이야기를 했던 사람이 우리 주위에 존재한다는 것이다. 누굴까? 그 사람은 바로 우리가 너무 잘 알고 있는, 마이크로소프트사를 창업한 억만장자

'빌 게이츠'이다. 그가 하버드 대학 중퇴 후 지금의 '마이크로소프트'사를 설립했다는 건 널리 알려진 사실이다. 그런데 여기서 우리가 주목할 점이 있으니, 그건 바로 그가 자신의 성공 비결로 하버드 대학이 아닌, 자신이 나온 동네의 '공공 도서관'을 이야기했다는 것이다.

"오늘날 나를 있게 한 것은 동네의 공공 도서관이었다."

영화에서 윌이 했던 말과 상당히 유사한, 어쩌면 윌이 한 말을 증명해 주는 듯한 말이다. 세계에서 두 번째로 부자인 억만장자 빌 게이츠가 밝힌 성공하는 법이 '도서관'이라고 하니, 도서관의 가치는 이미 증명되었다고 할 수 있지 않겠는가? 빌 게이츠 이야기 다음으로 내 이야기를 하려니 뭔가 쭈글(?)해지는 기분이 들긴 하지만, 내 생각 역시 빌 게이츠의 생각과 크게 다르지 않다. 대한민국에서는 그래도 최고의 대학 중 하나라 불리는 연세대학교에서 4년을 보냈다. 하지만 대학 4년을 보낸 뒤에 든 생각은? 대학에서 보낸 4년보다, 중도 휴학 후 도서관에 살며 온전히 책 읽기에 몰입했던 3개월의 시간이 더 많은 배움과 깨달음을 주었다는 생각이다. 이 시기에 배움을 얻기 위한 기반을 대학 4년간 닦았다고도 말할 수 있겠지만, 대학 4년간 거의 책을 읽지 않았다는 사실에서 그동안 책을 읽었더라면 얼마나 더 큰 성장을 할 수 있었을까 하는 아쉬움을 느낀다. 그 정도로 내가 3개월간 도서관에서 책을 읽으며 얻은 깨달음과 배움은 컸다. 대학에 대한 인식이 많이 변화되고 있는 요즘이다. 실제 우리나라 대학 진학률 역시 뭣도 모르고 올라가던 과거와 달리, 이젠 내림세를 보인다.(우리나라 대학 진학률은 2008년 83.5%로 정점을 찍은 후 완만히 감소하여, 2019년 70%를 기록했다) 나는 이러한 변화를 긍정적으로 생각한다. 여전히 학벌을 보고 사람을 평가하는 사회이지만, 영화 속 윌이 그러했듯 책을 통해 얻은 깨달음으로 잘 살면 되는 것 아니겠는가. 세상의 변화와 상관없이 '아는 것'은 언제나 힘이 되어 왔다. "아는 것이 힘이다"라는 표현이 새롭지 못하게 들릴 순 있지만, 이 말이 진리임은 누구도 부인하지 못한다. 책 읽기는 '아는 것'을 늘려주는 도구이다. 동시에 내가 알고 있는 것과 모르고 있는 것을 '알게' 해주는 도구로도 작용한다. 나 자신과 훗날 마주할 미래에 대해 말이다. 세계 두 번째 부호 빌 게이츠가 말하는 '억만장자의 성공하는 법'이 도서관이라고 한다면, 도서관은 가지 못하더라도 책 정도는 읽을 수 있는 거 아닐까? 아니, 책을 '읽어야만' 하는 게 아닐까? 아무것도 하지 않으면, 아무 일도 일어나지 않는다. 변화를 원한다면, 지금 바로 행동하자.

매일 책만 읽으며 살 수 있으면 얼마나 좋을까

나는 책을 읽을 때면, 아니 읽기 전부터 좋은 책이 너무 많다는 사실에 설레곤 한다. 이렇게 말할 때 주위 사람들의 반응은 하나같이 '신기하다'는 듯한 표정이다. 그런 사람들에게 나는 영화 평론가이자 팟캐스트 '빨간 책방'의 진행자로 유명한 이동진 작가가 『닥치는 대로 끌리는 대로 오직 재미있게 이동진 독서법』에 한 말을 소개하고 싶다. 이동진 작가는 그의 책에서, "책 읽는 것과 게임하는 것, 영화 보는 것은 재미의 진입 장벽이 다르다고 생각한다. 책을 재미로 느끼기 위해서는 넘어야 하는 단위 시간이 있다."라고 말했다. 그렇다. 나는 독서가 주는 재미의 진입 장벽이 다르다고 생각한다. 뭐랄까. 이 재미는 '배움'에 있다. 사실 '배움'은 굉장히 즐거운 일이다. 하지만 우리는 적게는 12년, 많게는 16년간 학교에서 이 '배움'의 즐거움을 잊어버리고 말았다. 그도 그럴 것이 학교에서 우리는 배움을 강요당했고, 배움의 주체는 '나'가 되어야 하는데, 우리는 그런 환경에서 교육받지 못했기 때문이다.

> 學而時習之 不亦說乎 (학이시습지 불역열호)
> "배우고 때때로 익히면 또한 기쁘지 아니한가?"

『논어』에서 위와 같은 말을 한 공자는 이상한 사람이 아니다. 그는 진짜 배움이 주는 기쁨을 체득한 사람이었다. 그런 의미에서 나는 독서가 주는 '배움의 기쁨'을 체득했고, 이것이 내가 독서를 좋아하게 된 이유이다. 많은 사람이 독서에 대해 가지고 있는 잘못된 접근 방식 중의 하나는 독서를 '지식 확장'의 수단으로 보는 것이다. 하지만 독서를 지식 확장의 수단으로 보는 것은 옳지 않다. 적어도 그렇게 보는 것은 독서가 주는 즐거움을, 독서의 힘을, 그리고 무엇보다 독서 자체에 대해 제대로 알고 있지 않은 것이다. 뭐랄까 그런 사람들은 독서를 통해 누릴 수 있는 것 100중에 1밖에 누리지 못한다. 나는 잘 살고 싶었다. 그리고 그러기 위해 내가 찾은 방법이 '독서'였다. 그리고 나는 무엇보다 이 독서가 즐겁다. 책을 읽으며 자신과 미래에 대해 이전보다 훨씬 넓은 시각을 갖게 되었다. '인생 매뉴얼'이 있는 듯 살아가는 오늘날, 나만의 길을 좇아 살아가는 사람들이 생각보다 많다는 사실에 위안을 받은 것 역시 책을 읽으며 얻게 된 유익이었다. 1년이 52주이니 1년간 100권의 책을 읽기 위해서는 일주일에 약 1.9권의 책을 읽어야 한다. 대한민국 성인의 연평균 독서량이 8권이 채 되지 않는 것(7.5권)을 고려하면 꽤 많은 독서량이라 할 수 있지만, 시중에 나와 있는 '1천 권 독서법', '1만 권 독서법' 등의 책 등을 생각한다면 또 그리 놀라울 수준의 독서량은 아니다. 나는 현대인의 현실적인, 그리고 적정한 독서량은 1년에 50권~100권이라 생각한다. 1년 52주, 즉 일주일에 1~2권 정도의 독서 분량이다. 나 역시 일주일에 1~2권의 책은 꼭 읽기 위해 노력한다. 3년간 200권 이상의 책을 읽고 생긴 가장 큰 변화는 무엇일까? 나는 '자신과 미래에 대해 더욱 넓은 시각을 갖게 된 것'이 책을 읽으며 얻게 된 가장 큰 이익이라 생각한다. 내가 좋아하는 하완 작가의 『하마터면 열심히 살 뻔했다』에 보면 "그런 인생 매뉴얼은 어디서 받아오는 거냐? 구청 가면 주는 건가?"라는 말이 나온다. 우리는 앞의 말처럼 마치 인생 매뉴얼이라는 게 있는 듯 똑같이 살아간다. 고등학생 땐 명문대를 목표로, 대학생 땐 대기업을 목표로 말이다. 내가 책을 읽으며 얻은 것 중 가장 큰 것은 바로 이러한 인생 매뉴얼을 따라 살지 않아도 된다는 깨달음이었고, 생각보다 남들 눈치 보지 않고 사는 사람들이 많다는 사실이었다. 대학교 2, 3학년 시절 진로에 대한 조급한 마음에 교육대학교 입시를 두 번이나 본 적도 있지만, 이제는 더는 미래를 조급해하지 않는다. 어디로 갈지 모르겠다면 계속해서 '악셀 페달'을 밟는 것이 아니라, '브레이크 페달'을 밟고 방향을 재설정하는 것이 옳다는 사실을 가슴으로 깨닫게 되었기 때문이다. 자신이 무엇을 좋아하는지, 미래에 내가 하고 싶은 일은 무엇인지, 그리고 지금 내가 잘 가고 있는지를 고민하는 이들에게 나는 책 읽기를 적극적으로 권하고 싶다. 일주일에 1권 책 읽기로 당신의 삶은 놀랍게 변화할 수 있다!

삶의 변화를 위해, 책을 읽기 시작했다

1만 권의 독서를 한 것으로 유명한 김병완 작가는 『나는 도서관에서 기적을 만났다』에서 "책을 읽는다는 건 결코 지식만 확장하거나 책을 읽는 그 행동을 경험하는 것만을 의미하지 않는다."라고 말했다. 만약 누군가 책을 읽은 후 삶의 변화를 체험했다면, 그는 자신이 가진 사고의 틀을 깨부숨으로써, 세상이 표준화시킨 고정 관념에서 벗어날 수 있었던 덕분이다. 나 역시 만나는 사람마다 "책 읽기를 통해 삶이 변했다."라고 말하는

데, 내 삶이 변할 수 있었던 이유 역시 책 읽기를 통한 의식과 사고의 확장 덕분이었다. 이전까지 가지고 있던 사고의 틀을 과감히 벗어나는 것을 경험하게 해주는 일이 독서 말고 또 있을까? 나는 그렇지 않다고 본다. 그리고 만약 있다고 하더라도, '책값' 밖에 들지 않는 독서보다 효율성이 높을 것 같지는 않아 보인다.

2019년 5월, 천 권의 책을 읽겠다고 다짐했다. 내가 그러한 다짐을 하게 된 이유는 앞에서 이야기한 '의식 수준의 도약'에 있었다. 계속해서 김병완 작가 이야기를 하게 되는데, 그는 『나는 도서관에서 기적을 만났다』에서 "독서를 많이 하는 사람들이 남다른 비범함을 갖게 되는 더 중요한 이유는 남들이 보지 못하는 것을 볼 수 있는 의식이 발전하기 때문이다. 이렇듯 의식이 달라지고 향상된다는 것은 다르게 표현하면 평범한 인간의 의식 수준을 뛰어넘어 놀라운 의식을 가지고 인생을 살아가게 됨을 의미한다."라고 말했다. 나는 나 자신이 스스로 뛰어난 능력이나 지식을 가지고 있지 않다는 사실을 너무 잘 알고 있었다. 천 권의 책을 읽어야겠다고 다짐한 이유, 그리고 그토록 의식 변화에 대한 동경을 포기하지 못하는 이유 역시 이런 나 자신을 이해하고 있기 때문이다. 그리고 아직 미약하지만, 현재 독서를 통한 의식의 변화를 조금씩 체험하고 있다. 세상이 표준화시킨 고정 관념에서 벗어나는 일 역시 경험했고, 사고의 틀을 과감히 벗어나는 일은 책을 읽을 때마다 경험하는 중이다. 내가 만약 독서를 '지식 확장의 수단'으로 바라보았다면, 결코 얻지 못할 변화들을 경험하고 있다. 만약 내가 지식 확장의 도구로 독서를 이해했다면, 내가 가진 지식의 총량만 조금 늘리는 데서 그쳤어야 했을 것이다.

2019년 문화체육관광부에서 밝힌 '대한민국 성인 연평균 독서량'은 7.5권에 불과했다. 하지만 우리는 모두 안다. 1년에 7.5권을 읽는 사람도 그리 많지 않다는 것이다. 1년 7.5권이라는 수치는 1년에 100권을 읽는 소수의 사람과 1년에 1권도 읽지 않는 다수의 사람 평균이 만들어낸 수치이기 때문이다. 나는 대한민국 평균 20대 남자이다. 대학에서 4년간 공부를 했고, 남들처럼 직장 생활을 경험했다. 20대의 절반을 지나 어느덧 20대 후반에 도달해 있는 나는 20살 이후 처음으로 방황의 시기를 여러 번 겪었다. 대학 입학 후 사라진 목표에서 오는 공허와 미래에 대한 미칠 듯한 불안은, 나를 에워싼 많은 고민과 좌절을 경험하게 했다. 금수저와는 거리가 먼 가정에 태어나 대다수 사람과 똑같이 대학에 가고, 군대에 입대한 나는 스스로 대한민국 평균 20대의 자화상이라 말할 수 있을 것 같다. 그런 내가 몇 년 전부터 빠져있는 것이 바로 '책 읽기'이다. 나에게 책 읽기는 시간 때우기를 위한 킬링타임 Killing time용 취미가 아니다. 『타이탄의 도구들』이라는 책을 쓴 '이 시대 가장 혁신적인 아이콘' 팀 페리스는, 세계 최정상에 오른 '타이탄'이 가진 성공의 비밀을 두고 '타이탄의 도구들'이라 명명했다. 내게 책 읽기는 '타이탄의 도구'와 같다. 아직 미래와 자신에 대한 그림이 그려지지 않은 나에게, 누구보다 적극적으로 미래를 준비하고 설계하는 하나의 과정인 것이다. 지금까지도 역대 미국 최고의 대통령으로 평가하는 에이브러햄 링컨은 다음과 같은 말을 남겼다.

> "내게 나무를 벨 여덟 시간이 주어진다면, 그 여섯 시간 동안은 도끼의 날을 가는 데 사용하겠다!"

만약 당신에게 나무를 벨 여덟 시간이 주어진다면, 당신은 가장 먼저 무엇을 하겠는가? 아직 날을 갈지 않아 무뎌질 대로 무뎌진 도끼로 무작정 나무를 벨 것인가? 아니면 충분한 시간 동안 도끼의 날을 날카롭게 간 후, 최대한의 효율로 나무를 베어 나갈 것인가? 책 읽기란, 인생의 변화라는 나무를 베기 위해 도끼의 날을 가는 과정과 같다. 1년에 10권의 책도 안 읽으면서 삶의 변화를 바라는 건, 도끼의 날을 갈지 않으면서 나무가 베어지기를 기대하는 것과 같다는 사실을 알아야 한다. 지식 확장의 수단이 아닌 나의 의식과 사고의 확장을 도와주는 도구로 독서를 이해한다면, 당신은 분명 독서를 통한 삶의 변화를 체험하게 될 것이다.

독서도, 인생도 단순하게!

내 인생을 이끌어가는, 좋아하는 몇 가지 말들이 있다. 그중 한 가지를 소개하고자 한다.

"Simple is the best". (단순한 것이 최고이다.)

그렇다. 단순한 게 최고다. 사실 이 말은 내가 만든 것도, 나만이 공감하는 말도 아니다. 이미 성공한 많은 사람이 자신의 성공 비결로 '단순함'을 이야기하고 있기 때문이다. [7]『아주 작은 습관의 힘』이라는 책의 저자로 유명한 미국 최고의 자기 계발 전문가 제임스 클리어는 그의 책에서 "시작을 쉽게 하라. 나머지는 따라올 것이다."라고 말했다. 그렇다. 시작을 쉽고 단순하게 하면, 나머지는 따라오게 된다. 독서도 단순해야 한다. 하루 15분이어도 좋고, 매일 자기 전 1시간이어도 좋다. 핵심은 그것을 하는 게 자동으로 일어날 만큼 단순화된 시스템을 가지고 있느냐는 것이다.

제임스 클리어는 『아주 작은 습관의 힘』에서 "모든 습관은 노력이 필요한 연습에서 자동적인 행위로 넘어가는 유사한 궤적을 그리는데, 이 과정을 '자동화'라고 한다. 자동화는 각 단계를 떠올리지 않고도 행동을 수행하는 능력으로, 행동이 무의식에 새겨질 때 일어난다."라고 말했다. 최근 '시스템'에 대한 이야기가 많이 들려온다. 하지만 나는 스콧 애덤스의 [8]『더 시스템』을 읽지 않았다. 하지만 그런데도 시스템을 내 삶에서 충분히 활용하며 살아가고 있다. 그럴 수 있었던 이유

7 제임스 클리어, 〈아주 작은 습관의 힘〉, 비즈니스북스, 2019
8 스콧 애덤스, 〈더 시스템〉, 베리북, 2020

는 이미 몇 년 전, 『아주 작은 습관의 힘』이란 책을 통해 시스템을 이해하고 있었기 때문이다. 그 당시 나는 이 책을 통해 '시스템'이 지닌 힘에 대한 정말 놀라운 통찰을 배울 수 있었다. 제임스 클리어는 『아주 작은 습관의 힘』에서 "나는 내가 얻어낸 결과들이 처음에 세웠던 목표와는 거의 관계가 없고, 사실 모든 것은 시스템에 달려 있다는 것을 깨달았다."라고 말했다. 정말 놀라운 사실 아닌가? 개인의 성공 여부가 목표와는 거의 관계가 없고, 단지 시스템에 달려 있다니 말이다.

나는 이러한 저자의 주장을 믿어 보기로 했고, 독서에도 단순한 시스템을 적용하기 시작했다. 내가 한 것은 단순하게, 그리고 꾸준히 독서를 계속했던 것이다. 그리고 그 결과 대학 4년간 10권의 책도 읽지 않았던 (전공 서적 제외) 과거와 달리, 지난 3년 동안 200권 이상의 책을 읽는 독서가이자 작가로 성장하게 되었다. 독서는 꾸준히 계속되어야 한다. 마치 산소가 한 번에 많은 양이 아닌, 꾸준히 항상 제공되는 게 중요한 것 같이, 독서 역시 한 번에 많은 양이 아닌 꾸준하게 계속되어야 한다. 삶의 변화를 위한 독서는 한 번에 많은 양을 주입한다고 해서 되는 것이 '결코' 아니다. 단순하게, 자동화

된 시스템 안에서 꾸준히 읽어야만 독서를 통해 삶이 변화하는 것을 경험할 수 있다. '단순함'은 독서에서 가장 중요한 요소라 볼 수 있다. 문제는 많은 사람이 이 단순한 실행도 '시작'하지 않는다는 데 있지만 말이다. 내가 직접 시도해 보았던, 단순하게 독서할 수 있는 몇 가지 방법을 소개하며 글을 마치려 한다.

첫째, 매일 30분 독서

당신은 혹시 책 한 권을 다 읽는 데 평균적으로 얼마의 시간이 소요되는지 알고 있는가? 읽는 속도에 따라 다르겠지만, 평균 2~3시간이면 다 읽는다. (300page 단행본 기준) 만약 책을 다 읽는 데 걸리는 시간을 3시간이라 한다면, 하루 30분이면 6일이면 다 읽을 수가 있다는 것이다. 일주일 중 남은 하루는 기록하는 데 사용한다고 했을 때(기록도 독서의 중요한 일부임을 잊지 말자), 일주일이면 한 권의 책을 다 읽게 된다. 일주일에 한 권이면 1년에 52권이다. 즉, 하루 30분의 책을 읽기만 해도, 1년에 52권의 책을 읽는 다독가가 될 수 있다는 것을 뜻한다. 참고로 나는 현재 매년 100권의 책을 읽는 것을 목표로 하고 있다.

둘째, 매일 10분 독서

사실 서점에 가보면 '10분 독서', '10분 책 읽기'에 관한 책들을 많이 찾아볼 수 있다. 앞에서 하루 30분이면 1년 52권의 책을 읽는다고 말했으니, 30분의 3분의 1인 10분이면 1년에 총 16~17권의 책을 읽을 수 있다. 하루에 10분만 책을 읽어도, 1년에 최소 16권 이상의 책을 읽을 수 있다는 말이다. 참고로, [9]대한민국 성인의 연평균 독서량은 7.5권이다. 그렇다는 말은, 대한민국을 살아가는 성인의 대부분은 하루 단 5분도 독서에 시간을 사용하지 않는다는 걸 뜻한다. (하루에 5분만 읽어도 1년이면 8권~8.5권의 책을 읽을 수 있다.) 하루 5분이면, 우리가 버스나 지하철을 기다릴 때 사용하는 스마트폰의 시간보다 적은 시간 아니던가? 하루에 단 5분도 자신의 성장을 위한 독

9 모현철,이혜진, "한국성인 평균독서량 감소... 연간 7.5권", 매일신문, 2020.03.11

서에 투자하지 못하면서, 삶의 변화를 기대한다는 건 어불성설이다.

셋째, 매일 일정량 독서

사실 이 방법 같은 경우는 내가 사용하지도, 그리 추천하지도 않는다. 페이지 수를 정하고 읽는 것보단, 차라리 시간을 정하고 읽는 것이 더 낫다고 믿기 때문이다. 하지만 이 경우도 책을 아예 읽지 않는 사람보단 백배 낫다.

단순한 것이 최고이다. 그리고 단순한 것이 이긴다. 다시 한번 기억했으면 좋겠다.

"시작을 쉽게 하라. 나머지는 따라올 것이다."

'자기 이해'에서 출발한 독서만이 삶을 변화시킬 힘이 있다

내가 처음 책을 읽기 시작하고 마주한 건 무슨 책을 읽어야 할지의 '막막함'이었다. 책을 읽기 위해 학교도 때려치웠(?)는데, 막상 책을 읽으려 하니 도대체 무슨 책을 먼저 읽어야 할지 고민이 되었다.

'소설을 읽을까? 자기 계발 도서를 읽을까? 아니면 에세이 책……?'

이는 분명 책 읽기를 시작한 많은 사람이 마주한 막막함일 것이다. 만약 누군가 내게 "책 읽기를 시작하고는 싶은데 무슨 책부터 읽어야 할지 모르겠어요."라고 조언을 구한다면, 나는 "어떤 장르의 책이든 상관없으니 일단 손에 잡히는 책부터 읽기 시작하세요."라고 말해줄 것이다. 하지만 여기서 오해하지 말아야 할 것은, '일단 손에 잡히는 책부터 읽기 시작'하는 것이, '아무 책이나 읽는 것'을 뜻하지 않는다는 사실이다. 만화책도 좋고, 여행 가이드북도 좋다. 어떤 분야의 책이든 한 분야의 책을 많이 읽다 보면 그 분야에 대한 지식이 쌓이고, 다른 분야로 지식을 확장하고 싶은 욕구가 생기기 때문이다. 우리는 다른 분야로의 지식 확장 욕구가 생길 때까지, 그냥 좋아하는 책을 읽으면 된다. 인생은 길고, 책은 너무도 많기 때문이다. 그런데 '손에 잡히는 책부터 읽기 시작'하는 게 '아무 책이나 읽는 것'을 뜻하지 않는다는 건 무슨 말일까? 손에 잡히는 책부터 읽기 시작한다는 건, 내가 관심이 가는 분야의 책을 읽기 시작한다는 것이다. 그리고 내가 관심이 가는 분야의 책을 선택하기 위해서는 내가 어디에 관심을 두고 있는지를 알아야만 한다. 바로 '자기 이해'가 선행되어야 한다는 말이다. 그렇다. '자기 이해'에서 출발하지 못한, 글자 그대로 '아무 책이나 읽는' 독서는 삶의 변화에 그다지 큰 도움이 되지 못한다. '남들이 읽어서', '서점의 베스트셀러 진열대에 놓여 있어서', '누가 추천해 줘서'와 같은 이유로 읽기 시작한 독서는 물론 읽을 수야 있겠지만(이마저도 책을 끝까지 다 읽게 될지는 미지수다), 높은 확률로 그 독서는 다음 독서로 이어지지 못할 것이다. 나는 지금까지 읽은 200권의 책 중 자기 계발을 위한 실용 도서는 180여 권을 읽었지만, 문학 도서는 20권을 채 읽지 않았다. 그냥 내가 관심을 두고 있던 분야가 실용 도서 분야였고, 나는 나의 관심이 실용 도서에 있다는 사실, 그리고 그 책에서 말하는 것들이 나의 변화에 필요하다는 사실을 정확히 인지하고 있었다. 덕분에 자기 계발 등에 관한 지식이 많이 쌓였고, 최근 들어 소설책을 즐겨 읽고 있다. 앞에서 이야기한 '다른 지식 분야로의 확장'이 일어난 것이었다. 잘 생각해 보면 우리에게는 언제나 그 당시 관심이 있는 대상이 존재한다. 그 대상은 어떤 드라마일 수도, 영어 점수일 수도, 또는 미래에 대한 불안일 수도 있다. 독서를 가장 쉽게 시작하는 방법은 이러한 관심의 대상을 독서의 출발점으로 삼는 것이다. 나는 이를 두고 '관심사 기반 독서법'이라 부른다. ○○ 드라마에 빠져있다면 ○○ 드라마의 원작에 해당하는 소설 작품을, 영어 점수가 고민이라면 영어 공부법에 관한 책을, 그리고 미래에 대한 불안으로 힘든 시기를 겪고 있다면 비슷한 경험을 한 작가의 에세이에서 위로를 얻을 수 있다는 것이다. 철저히 나의 관심사에서 출발한(정확히 말하자면 '자기 이해'에서 출발한) 독서는, 당위(當爲)에서 출발한 독서보다 즐거울 수밖에 없다. 그리고 그렇게 느끼기 시작한 독서의 '재미'는 어느새 당신은 책을 읽지 않고는 버틸 수 없는 '독서인'으로 거듭나게 할 것이다. 몸에 안 좋고 정신에 안 좋은 재미일수록 처음부터 재미있다. 이를테면 컴퓨터 게임 등이 해당한다. 하지만 독서 같은 경우 고행 같기만 한 어느 단계를 넘어서는 순간 '신세계'가 열리게 된다. 나는 독서가 분명 '재미있는' 일이라고 믿는다. 우리가 기억해야 할 사실은, 재미를 느끼기 위해서는 '뭘 좀' 알아야 한다는 것이다. 생각해 보라. 처음 A라는 컴퓨터 게임을 하게 되었을 때, 또는 처음으로 친구들과 스포츠 경기를 하게 되었을 때 그 규칙에 대해 무지하다면, 당신은 과연 재미를 느낄 수 있는가? 일단 레벨

이 낮은 캐릭터로 몬스터들과 싸워보고, 죽기도 해보는 과정을 통해서 우리는 게임에 대해 '잘' 알게 되고, 그때부터 우린 '재미'를 느끼게 된다. 만약 당신이 지금 독서에서 흥미를 느끼지 못한다면, 거기에는 다양한 원인이 존재할 수 있다. 당신의 현재 관심사에 맞지 않는 책일 수도 있고, 책 자체가 너무 어려운 것일 수도 있다. 양질 전환의 법칙이란 쉽게 말해 일정량 이상에 도달하면 거기서부터 그동안의 양이 질적인 성장과 맞바뀌는 것을 뜻한다. 과학에서의 '임계점'과 유사하다. 책 읽는 것이 재미없는가? 만약 그렇다면, 당신은 현재 독서의 재미를 느끼기 위한 하나의 장벽을 넘어서는 중인지도 모른다. 어쩌면 재미를 느끼지 못하는 당신에게 독서는 앞이 안 보이는 긴 터널을 계속해서 달리는 것과 같을지도 모르겠다는 생각이 든다. 하지만 내가 이야기해 줄 수 있는 건, 그 터널의 끝에 반드시 출구가 있다는 것이다. 당신은 지금 잘하고 있다. 이미 훌륭한 독서가이며, 대한민국 평균 이상의 리더Reader이다!

많은 책을 찾아 읽다 보니 생긴 나름의 규칙

지금껏 서점과 도서관에서 많은 책을 골라 읽다 보니, 나름의 규칙 또는 패턴이 생겼다. 그리고 내게는 책을 고르는 데 있어 책이 주는 첫인상 혹은 첫 느낌이 중요했는데, 이러한 첫인상을 좌우하는 몇 가지 요소들이 있었다. 이 요소들만 확인한다면, 당신은 '30초' 안에 내게 맞는 책과 그렇지 않은 책을 구분할 수 있게 될 것이다.

첫째, '표지'를 살펴보자

사실 책의 표지는 말 그대로 표지일 뿐이다. 하지만 많아 봐야 앞뒷면 두 장에 불과한 표지야말로 책을 고를 때 가장 먼저 마주하는 '첫인상'이며, 표지를 잘 보는 것만으로도 책이 말하고자 하는 것을 추측할 수 있다는 사실을 알고 있는가? 책의 표지를 살펴볼 때 먼저 확인해야 할 것은 당연히 '제목'이다. 제목은 곧 저자가 책을 통해 가장 말하고 싶었던 '핵심 메시지'를 내포한다. 나 역시 『하루 1시간, 8주에 끝내는 책쓰기』를 쓰며 제목을 정할 때, 어떻게 핵심 메시지를 한 줄로 나타낼지 정말 많이 고민했다. 그리고 그렇게 『하루 1시간, 8주에 끝내는 책쓰기』라는 제목이 정해지게 되었다. 어떤가? 제목만으로 내 책이 무엇을 말하고자 하는지 대략 짐작이 가는가? 책의 제목을 살펴보았다면, 제목 외 표지에 적힌 문구(특히, 띠지에 적힌 문구)를 확인해 보는 것이 좋다. 내 책의 띠지에 적혀있는 문구는 다음과 같다.

"8주면 당신도 작가가 될 수 있다!"

"쉽고 빠른 책 쓰기 3단계 원칙, '자-기-집'"

"1주차 자료 조사, 2주차 기획하기, 3~8주차 집필하기"

띠지에 적혀있는 문구만으로도 책이 무엇을 말하고자 하는지가 대강 추측이 되지 않는가? 만약 그렇지 않다면 이건 독자의 잘못이기보다, 문구를 정한 저자의 책임이다. 끝으로 뒤표지에 적힌 문구들을 읽어보는 것도 크게 도움이 된다. 종이책의 뒤표지에는 추천사 등이 기재되곤 한다. 책을 미리 읽어본 다른 사람의 추천사는, 책이 내게 맞는지를 생각해 볼 수 있는 좋은 기준이 될 수 있다.

둘째, '목차'를 살펴보자

책을 읽기 전 목차를 먼저 확인하는 습관을 들이면, 목차만 보고도 책의 내용과 책이 무엇을 말하고자 하는지를 대부분 이해할 수 있게 된다. 사실 이건 목차의 본래 역할이기 때문에 당연한 일이라 말할 수 있다. 그런데도 불구하고 나는 책을 읽기 전 목차를 읽지 않는 사람들을 정말 많이 만난다.

서점에서 책을 사기 위해 둘러볼 때 나는 가장 먼저 제목과 표지를, 그리고 목차를 살펴본다. 30초도 채 되지 않는 이 짧은 시간만으로 내게 맞는 책과 그렇지 않은 책을 그 자리에서 골라낸다. 서점과 도서관에는 너무나 많은 책이 있고, 이러한 책의 홍수 속에서 적은 시간을 들여 내게 맞는 책을 고르는 것 역시 하나의 능력이다. 이러한 이유로 다른 건 몰라도 '목차'만큼은 꼭 확인하는 습관을 들이기를 추천한다. 덧붙여 목차를 확인할 때 얻을 수 있는 것은 크게 두 가지이다. 먼저, 책의 흐름이 어떻게 진행되는지를 한눈에 알 수 있다. 나는 책을 한 호흡으로 읽는 것을 좋아한다. 책 내용의 전체 흐름을 안다면, 잘 이해가 안 가는 내용도 책의 전체 맥락을 생각해 이해하고 넘어갈 수 있다. 또한 우리가 목차 확인 시 얻을 수 있는 이점은, 나에게 필요한 정보를 빠르게 골라 읽을 수 있다는 것이다. 책에는 '완독'만 있는 것이 아니다. '부분독'도 엄연한 독서임을 기억해야 한다. 책을 읽을 시간이 부족하거나 서점이나 도서관에서 내게 필요한 부분만 빠르게 얻고 싶다면, 그 시작은 목차를 확인하는 것이 되어야 한다.

셋째, '서문'을 살펴보자

앞에서 말한 '목차'를 살펴보는 데까지 30초의 시간이 걸렸다고 해보자. 만약 당신에게 1분 정도의 여유 시간이 더 있다면, 책의 '서문'까지도 살펴보는 것을 권한다. 서문은 모든 글의 여는 글이다. 우리는 서문을 통해 책의 집필 배경과 함께 저자가 책에 관해 어떤 생각을 하고 있는지(책을 통해 전하고자 하는 핵심 메시지)를 알 수 있다. 목차에 이어 서문까지 살펴봤다면, 이윽고 책을 통해 무엇을 얻을 수 있는지, 나아가 이 책이 나에게 맞는지를 정확히 알 수 있게 되는 것이다. 또한 책의 서문을 읽는 건 책의 요약 설명서를 읽는 것과 비슷한 효과가 있다. 소설과 같은 문학 작품이라면 적용되지 않겠지만, 저자가 책의 맨 앞 서문에서 어떠한 이야기를 하고 싶을까를 떠올려보면 된다. 책은 결국 저자의 메시지가 담겨 있는 매개체이다. 그리고 그 매개체의 맨 앞, 본문과는 별도로 독자들에게 하고 싶은 이야기를 담은 곳이 바로 서문이다. 내가 만약 작가라면, 책의 맨 앞에서 독자들에게 가장 하고 싶은 이야기를 적고 싶지 않을까?

물론, 표지와 목차, 그리고 서문 외에도 자신만의 책을 정하는 기준이 있을 수 있다. 하지만 나는 내게 맞는 책을 고르는 기준으로는 앞에서 이야기한 세 가지만으로도 충분하다고 생각한다. 표지와 목차, 그리고 서문을 통해 내게 맞는 책을 빠르게 골라 보자.

One Book,
One Chapter,
One Message.

내 꿈은 책을 사랑하는 사람들이 함께 모여 다양한 활동을 할 수 있는 공간을 만드는 것이다. 『어서 오세요 휴남동 서점입니다』라는 소설에 등장하는 독립 서점 같은 공간을 만들고 싶다. 같은 관심사를 공유하는 사람들과의 만남은 언제나 즐겁다. 실제로 나는 그런 모임을 만들고 싶어, 온라인 독서 모임을 운영하기도 했다. 이처럼 책을 좋아하는 사람들(적어도 책을 열심히 읽으려 하는 사람들)과 대화하다 보면, "책을 읽는 속도가 나지 않는다."라는 고민을 종종 듣는다. 사실 개인의 밥 먹는 속도가 다르듯, 책을 읽는 속도가 다른 것은 자연스러운 일이다. 따라서, 책을 읽는 속도가 느리다면, 그냥 느리게 책을 읽으면 된다. 하지만 이런 고민을 하는 사람들에게는 조금이라도 책을 빨리 읽고 싶은 마음이 클 것을 알기에, 나는 다음과 같이 조언해 주곤 한다. 바로, '꼭 완독할 필요는 없다'는 것이다.

그렇다. 책은 꼭 완독해야만 하는 게 아니다. 책 읽기에는 처음부터 끝까지 다 읽는 '완독', 그리고 일부분만 골라 읽는 '부분독'이 존재한다. 그런데 주위를 살펴보면 '책은 완독하는 것'이라는 잘못된 고정 관념을 가지고 있는 사람들이 많이 보인다. 나는 이런 이유가, 학창 시절의 잘못된 가르침으로 인해 책 읽기를 공부처럼 생각하게 된 것과 관련이 있지 않을까 추측하고 있다.

'이거 잘 읽히는 부분만 건너뛰면서 읽어도 되는 건가? 아니야 책은 완독하는 거라 그랬어! 조금만 참고 더 읽어 보자.'

'책은 완독하는 것'이라는 고정 관념은 책 읽기를 어렵게 만든다. 그렇다. 책 읽기에 '전혀' 도움이 되지 않는 백해무익한 선입견이다. 또 완독에 대한 고정 관념으로 책을 처음부터 끝까지 다 읽어내면 모르겠지만, 대개는 그렇지도 못하다. 지루한 부분을 견디지 못하고 뒷부분에 있는 읽을 수 있는 쉬운 부분까지도 못 읽고 책을 덮고 마는 것이다. 이 얼마나 안타까운 일인가! 완독에 관한 고정 관념을 바꾸기 위해서는 다음 부분을 한번 생각해 보면 된다.

'일반적으로 작가는 책을 쓸 때 어떤 과정을 거칠까?'

소설을 제외한 대부분의 책은 각 챕터별로 작성 후 그렇게 작성된 챕터들을 주제별로 묶어 한 권의 책을 구성한다. 그렇게 묶인 챕터들은 대략 40개 정도에 달한다. 그리고 그 챕터들은 저마다 전하고자 하는 메시지를 최소 한 가지 이상 가지고 있다. 여기서 잠깐. 그렇다고 한다면 책의 한 챕터에서 하나의 메시지만 얻는다고 해도, 충분히 의미 있는 독서이지 않을까? 만약 각 챕터들마다 전하고자 하는 메시지가 최소 하나씩 들어 있다면 말이다. 그렇다. 하지만 그런데도, 우리 주위에는 여전히 '독서는 처음부터 끝까지 책을 읽는 것'이라고 생각하는 사람들이 많이 있다. 멀리 볼 것도 없다. 당장 주변 사람들을 통해 확인해 보라. 이러한 고정 관념은 독서를 '어려운 것', '지루한 것'이라고 여기게 하는 일등 공신으로 작용한다.

One book, One chapter, One message.

그렇다. 한 권의 책을 다 읽기가 어렵다면 하나의 챕터만, 하나의 챕터마저 읽기 어렵다면 그 챕터 안에서 하나의 메시지만 얻고 책을 덮어도 좋다. 잘못된 선입견으로 인해 아무것도 얻지 못한 상태에서 책을 덮는 것(나아가 독서를 멀리하게 되는 것)보다, 하나의 메시지만이라도 얻는 경험을 통해 독서의 재미를 느끼는 것이 훨씬 낫기 때문이다.

독서는 재미있어야 한다. 잘 읽히지도 않는 내용을 억지로 읽고 있는 것만큼 재미없는 일은 없다. 독서에는 '완독'만 있는 것이 아니다. 철저히 나의 흥미와 관심사를 반영한, 그래서 읽고 싶은 부분만 즐기는 '부분독'도 존재한다. 또한 이 역시 엄연한 독서의 한 종류다. 나는 하루에도 백 권 이상 쏟아져 나오는 책의 홍수 속에서, 내게 필요한 내용만 골라 읽을 수 있는 부분독이 우리에게 필요한 또 하나의 능력이라 믿는다. 책이 어렵게 느껴진다면, 부담 없이 부분독으로 독서의 첫발을 내디뎌 보자.

적자생존은 진화론에만 있지 않다

늦게 배운 도둑질이 더 무섭다고 했던가. 독서에 맛을 들인 나는 닥치는 대로 책을 읽기 시작했다. 그런데 그렇게 읽다 보니 문득 다음과 같은 생각이 들었다.

'오늘 이렇게 책을 읽은 것은 좋아. 하지만 아무리 많은 책을 읽어도 시간이 지나면 몇몇 책은 내용조차 기억나지 않을 텐데……. 그러면 나는 이 독서에서 무엇을 얻었다고 말할 수 있지?'

독서를 꾸준히 하기 위해서는 내 안에서 느껴지는 '뿌듯함'이 있어야 한다. 그리고 이 뿌듯함은 그냥 생기는 것이 아니라, 책을 읽고 무언가 나에게 '남는 것'이 있다는 생각에서 비롯된다. 책을 읽고 무언가 남긴다……. 그러기 위해서는 무엇이 필요할까? 책을 읽고 무언가를 남기기 위해서는 '반드시' 기록해야 한다. 책을 읽다 한 가지 재미있는 표현을 발견했다.

적자생존

원래 [10]적자생존이란 '생존 경쟁의 결과, 그 환경에 맞는 것만이 살아남고 그렇지 못한 것은 차차 쇠퇴, 멸망해 가는 자연도태의 현상'을 뜻한다. 그런데 그 책에서는 적자생존을 다음과 같이 표현하고 있었다.

적자생존 = 적(는) 자(만이) 생존(한다)

---

10 네이버 한자사전, "적자생존".

그렇다. 적는 자가 생존한다. 책을 읽고 내 머릿속에 무언가 생존시키기 위해서는 반드시 기록해야만 한다. 책을 읽고 기록해야 하는 이유를 세 가지로 정리해 보았다.

첫째, 기록하지 않으면 남지 않는다.

생각해 보라. 3~4시간을 투자해 겨우 한 권의 책을 다 읽었다. 그런데 시간이 흐른 후 읽었던 내용을 다 잊어버린다면? 그래서 머릿속에 떠오르는 게 아무것도 없다면? 왠지 모르게 억울하고, 책을 읽었던 시간이 아까울 것 같지 않은가? 우리는 이것을 방지하기 위해, 최소한 다시 책을 꺼내 읽었을 때 책의 내용과 그때 느꼈던 감정을 떠올릴만한 '장치'를 마련해 놓아야 한다. 물론 아무리 기록했다고 해도, 책의 내용을 모두 기억하는 것은 불가능하다. 하지만 적어도 책이나 노트에 표시된 기록을 통해 읽은 내용을 효과적으로 떠올릴 수 있다는 말이다. 누군가 모든 것을 기록하는 사람에게 이렇게 물었다고 한다.

"와……. 당신은 정말 대단한 것 같아요. 이 모든 것을 '기억'하기 위해 전부 다 그렇게 기록하다니."

이와 같은 말에 그는 다음과 같이 답했다.

"제가 모든 것을 기록하는 건 맞지만, '기억'하기 위해 기록하는 건 아니에요. 저는 '잊어버리기' 위해 기록한답니다."

그렇다. 우리 뇌는 우리가 상상하지 못할 정도의 양을 기억할 능력이 되지만, 그러기 위해서 잊어버릴 내용은 제때 지워버려야 한다. 우리가 책을 읽고 기록하는 것은, 무분별하게 받아들인 많은 정보 중 필요 없는 정보들은 잊어버리고 필요한 정보들을 기억하기 위해서이다.

둘째, 기록은 독서를 꾸준히 하게 돕는다.

기록은 내가 깨달은 것을 머릿속에 남길 수 있도록 도와주는 일도 하지만, 궁극적으로 독서가 꾸준히 진행될 수 있도록 돕는 동기 부여자 역할을 한다. 작심삼일作心三日이라는 말이 있다. '결심한 마음이 사흘을 가지 못하고 곧 풀어지는 상황'을 뜻한다. 이러한 일은 독서에서도 빈번히 발생한다. 이미 여러 번 경험해 보지 않았는가? 나의 예시로, 나는 처음 독서를 시작하고 '에버노트'라는 곳에 느낀 점과 발췌 내용 등을 기록했다. 그리고 읽은 책마다 순서대로 번호를 매겼는데, 이 별거 아닌 것 같은 번호들이 묘한 뿌듯함을 주었다. 번호가 5번, 10번 등으로 올라갈 때마다, '내가 책을 꾸준히 읽고 있구나'하는 뿌듯함을 줬다. 5권쯤 읽고 작심삼일에 빠질 뻔할 때면 눈에 보이는 번호를 10번으로 올리고 싶은 욕구가 생겼고, 그렇게 한 권 한 권 늘리다 보니 어느새 100권의 책을 돌파할 수 있었다. 책의 기록 맨 앞에 붙이는 이 '번호'만 해도 이렇듯 뿌듯함을 준다. 하물며 책을 읽고 마음에 와닿았던 문장과 느낀 점들이 빼곡히 적힌 기록들은 독서의 좋은 동기 부여자 역할을 할 것 같지 않은가? 나는 확신한다. 읽은 책들을 기록하지 않았다면, 50권의 책도 읽지 못한 채 나의 독서는 흐지부지 끝났을 것이다.

셋째, 기록은 책의 내용을 온전히 내 것으로 만드는 데 도움을 준다.

책을 읽고 리뷰를 기록하는 일을 하다 보면, 종종 막히는 부분을 느끼기 쉽다. 나는 꾸준히 리뷰 글을 작성 중인데, 이렇듯 막히는 부분에 대한 고민 탓에 기록을 적는데 1~2시간이 걸리기 일쑤였다. 이렇듯 막히는 부분에는 여러 원인이 있겠지만, 가장 큰 원인은 그 부분에 대한 나의 '이해 부족'일 수 있다. 사실 생각해 보면 책의 내용을 '제대로' 이해하지 못했을 때 막히는 일이 자주 발생했다. 우리는 '기록'을 통해 내가 이해한 부분과 그렇지 못한 부분을 확인하게 된다. 조금 어려울 수 있는데, 이는 교육학에서 말하는 '메타 인지Meta cognition'에 해당한다. [11]메타 인지는 '자신의 인지 과정에 대해 생각하여 자신이 아는 것과 모르는 것을 자각하는 것, 그리고 스스로 문제점을 찾아내고 해결하며 자신의 학습 과정을 조절할 줄 아는 지능과 관련된 의식'을 뜻한다. 쉽게 말하

11 네이버 국어사전(오픈사전), "메타 인지".

면 '내가 알고 있다는 사실을 아는가', 그리고 '내가 모르고 있다는 사실을 아는가'라고 정리할 수 있다. 나는 메타 인지가 독서에 있어 매우 중요한 부분이라 생각한다. 우리는 책을 읽은 후 '기록'하는 과정을 통해, 내가 책에서 이해한 부분과 이해하지 못한 부분이 무엇인지를 확인할 수 있다. 그리고 이 과정을 거쳐 책의 내용을 온전히 이해하게 되는 것이다.

오늘부터 단 한 줄이라도 책을 읽고 기록하는 연습을 시작하자. 별거 아닌 것처럼 보이는 그 기록이 당신의 독서를 앞으로 1년간, 10년간, 아니 평생 지속하게 도와주는 '첫 번째 도미노'로 작용할 것이다.

나는 기록한다,
고로 존재한다

나는 책을 읽기 시작하며 무언가 '기록해야' 한다는 강한 필요를 느꼈다. 그리고 그렇게 기록을 시작해 지난 3년간 약 110편 이상의 책 리뷰를 남겼다. 그리고 그 과정에서 다양한 독서 기록법을 시도해 보게 되었고, 현재 나에게는 가장 선호하는 기록법이 있다. 이 기록법은 기록의 효과를 누리면서도, 단순하고 쉬운 기록법이다. 이대로만 따라 해도 당신은 어느새 멋진 한 편의 완성도 있는 리뷰를 남길 수 있을 것이다.

첫째, '발췌' 내용을 기록하자.

책을 다 읽고 기록하기 위해 자리에 앉으면, 뭐부터 적어야 할지 머릿속이 하얘지는 경험, 다들 있었을 거로 생각한다. 나 역시 그랬다. 하지만 '발췌' 내용을 기록하는 일은 머리를 쓸 일이 없는 아주 손쉬운 일이다. 어쩌면 그 내용을 옮겨 적느라 손이 고생을 좀 할 수 있겠지만, 원래 머리가 나쁘면 손이 고생한다(?)는 말도 있지 않던가. 나는 의미 있는 기록을 남기기 위해서는 손이 좀 고생해도 좋다고 생각한다. 내가 처음 책을 읽고 기록했던 방법은 바로 '발췌' 내용만을 옮겨 적는 것이었다. 별다른 생각도 고민도 할 필요 없다. 일단 옮겨 적는다. 대신, 발췌 내용은 최대한 '있는 그대로' 옮겨 적는 것이 좋다. 나는 발췌 내용을 기록한 후 짧은 '단상'을 발췌 내용 밑에 적어두었다.

그렇다면, 발췌의 장점은 무엇일까? 먼저 발췌는 기록을 다시 보았을 때 책을 읽으며 느꼈던 감정을 비교적 그대로 다시 느낄 수 있다는 장점이 있다. "나는 책을 읽으면 읽은 내용을 잊어버려.", "며칠만 지나도 읽었던 내용을 하나도 기억할 수 없어." 하는 사람이 있다면, 큰 도움이 될 수 있는 기록법이다. 나는 정말 마음에 드는 책을 발견했다가 발췌 내용을 옮겨 적는다고 1시간은 물론 2시간에 가까운 시간이 들었던 경험이 있다. 노트북으로 적는데도 그만큼 시간이 걸렸다……. 하지만 이 경우는 정말 마음이 드는 책을 발견한 경우였기 때문에, 모든 책의 발췌를 옮겨 적는데 이와 같은 시간이 걸리는 건 아님을 밝힌다.

둘째, 단상을 기록하자.

단상斷想은 문자 그대로 '짧은 생각'을 뜻한다. 보통 나 같은 경우는 발췌 내용의 밑에 단상을 표기했는데, 단상이 단상이 될 수 있는 이유는 단상의 대상이 책 전체가 아닌 '구절'이기 때문이다. 한 구절에 대한 생각을 적는데, 그 생각이 한 페이지를 넘어가기는 어렵다는 말이다. (물론 인문 고전과 같이 많은 생각을 필요로 하는 책의 구절은 예외이다) 그렇다면 단상의 장점은 무엇일까? 단상을 기록하는 것의 장점은, 문자 그대로 짧은 생각에 그치기 때문에 부담스럽지 않다는 것이다. "자, 나도 기록을 해볼까." 하고 앉으면 뭐부터 적어야 할지 머릿속이 하얘진 경험이 있을 것이다. 그럴 때 우리가 해야 할 일은 간단하다.

첫째, 책을 읽고 마음에 와닿는 문장을 찾는다.

둘째, 그 문장에 관해서 하고 싶은 말, 또는 떠오르는 생각을 가감 없이 기록한다.

여기서는 가감 없이 기록하는 것이 중요하다. 완벽한 생각은 존재하지 않는다. 그냥 머릿속에 든 생각을 적는 것만으로도 우리는 한 단계 높은 사고의 과정을 거치게 된다. 이렇게 두 단계를 거쳤다면, 당신 앞에는 아마 4~5줄의 멋진 글이 완성되어 있을 것이다. 그리고 이 과정을 몇 번 반복한다면?

"축하한다. 당신은 방금 한 편의 멋진 책 리뷰를 작성했다."

실제로 블로그에 있는 나의 지난 리뷰들을 보면 이렇듯 발췌와 단상으로만 이루어진 리뷰들을 많이 찾아볼 수 있다.

셋째, '전체 리뷰'를 기록하자.

앞의 두 단계를 끝냈는가? 그렇다면 이미 당신의 글은 최소 반 페이지, 또는 한 페이지 이상의 글로 변해 있을 것이다. 이제 당신이 할 일은 지금까지 작성한 발췌와 단상을 쭉 훑어본 후, 전체적으로 드는 생각과 느낌을 글의 '맨 앞'에 정리해 보는 것이다. 이미 앞에서 발췌-단상의 과정을 여러 번 거쳤기 때문에, 아마 어렵지 않게 작성할 수 있을 것이다. (여기에는 '내가 이 책을 왜, 그리고 어떻게 읽게 되었는지'를 써주면 도움이 된다.)

이렇게 단 3단계를 거쳐, 당신은 SNS에 올려도 손색이 없을 만한 한 편의 완성도 있는 책 리뷰를 작성하게 되었다! 사실 책을 읽고 기록하는 데는 정답이라는 게 존재하지 않는다. 정말 다양한 방법이 존재하기 때문이다.

나는 110개 이상의 책 리뷰를 작성하며, 한편으로 책을 읽을 시간도 부족한데, 기록하는 시간이 너무 아깝다는 생각을 했다. 어떨 때는 책을 읽은 시간(1~2시간)보다, 기록하는 시간(2~3시간)이 더 오래 걸리기도 했기 때문이다. 그래서 나는 기록의 '효과'도 누리면서, 최대한 쉽고 간단한 형식의 리뷰를 고민했고, 또 시도했다. 그렇게 탄생한 것이 바로 '발췌-단상-전체 리뷰' 순서의 기록법이다. 이야기하고 싶은 건, 꼭 이 순서를 따라 기록하지 않아도 좋다는 것이다. 내가 지난 챕터와 이번 챕터에서 하고 싶은 이야기는 책을 읽은 후 기록의 과정이 반드시 필요하다는 것이고, 그 기록을 좀 더 쉽게 할 수 있도록 돕기 위해 내가 선호하는 하나의 방법을 소개해 준 것뿐이다. 기록해야 하는 이유에 공감한다면, '발췌-단상-전체 리뷰'의 순서에 맞춰 기록하는 걸 시작해 보자.

당신은 어떤 변화를 꿈꾸고 있나요?

자기 계발에 관한 관심이 이 정도로 많았던 적이 있었을까? SNS상에는 자기 계발 인플루언서를 지향하는 사람들이 넘쳐난다. 자기 계발에 관한 콘텐츠, 영상들을 너무 손쉽게 찾아볼 수 있는 세상이 되었다. 나는 자기 계발서를 정말 많이 읽는 편이다. 지금껏 읽은 200권의 책 중에 자기 계발서(실용서)만 150권이 넘을 것이다. 나는 자기 계발서를 두고 '읽으면 무조건 도움이 되는 책'이라고 생각한다. 단, '제대로' 읽었을 때 말이다. 하지만 이런 내 주위에, 어울리지 않게도 "난 자기 계발서는 절대 읽지 않아!"라고 말하는 사람들이 꽤 있다. 하지만 그런 사람들이 소설은 또 즐겨 읽는다. 내가 소설은 좋아하면서 왜 자기 계발서는 읽지 않느냐고 물어보면, 그들은 "자기 계발서는 다 똑같아."라고 말한다. 그리고 "자기 계발서가 도움 되는 것을 별로 느끼지 못하겠다."라고 말한다. 그런데 정말 자기 계발서는 다 똑같은가? 그리고 자기 계발서는 큰 도움이 되지 않는 책일까? 결론만 말하자면 자기 계발서는 똑같지 않다. 우리 삶의 모습과 개개인의 고민이 다양하듯, 사람들의 성장과 자기 계발을 돕기 위해 나온 자기 계발서 역시 다양하다. 이런 사실을 잘 아는 나에게 "자기 계발서는 다 똑같아."라는 말은 두 가지 이유로 여겨진다.

> 첫째, 정말 '무지'하거나(자기 계발서 종류가 다양하다는 사실에 대해)
> 둘째, 자기 계발서의 가치는 느끼지만, 읽는 것이 힘들어 '자기 합리화'를 하고 있거나.

"자기 계발서는 다 똑같다."와 함께 유사하게 쓰이는 말이 "자기 계발서들은 다 똑같은 말만 한다."라는 것이다. 물론 서로 비슷한 이야기를 하는 자기 계발서들이 존재한다. 나 역시 그런 책들을 읽어본 적이 있다. 하지만 이런 책은 일부에 지나지 않는다는 사실을 알아야 한다. 내가 읽은 자기 계발 서적만 해도, 전혀 다른 이야기를 하는 책들이 부산 말로 '천지빼가리'였다. '천지 빼가리'란 '너무 많아서 그 수를 헤아릴 수 없을 때' 사용하는 부산 사투리다. 자기 계발서는 다 똑같다고 말하는 사람들이 과연 자기 계발서를 5권이라도 읽어봤을지 정말 궁금하다.

주변 사람들을 보면 "자기 계발서는 도움이 안 된다."라고 말하는 사람들도 종종 볼 수 있다. 그런데 혹시 그거 아는가? 아무리 좋은 물건도 사용법을 모르면 고물에 불과하다는 사실 말이다. 나는 대학생 때 맥북이 너무 갖고 싶었다. 하지만 2살짜리 영아에게 과연 맥북이 가치 있는 물건일까? 소중한 맥북이 영아의 손에서 고장이 나지 않을까 두렵다. 자기 계발서 역시 마찬가지이다. 자기 계발서를 통해 도움을 얻기 위해선 '사용법'을 알아야 한다. 그리고 사용법을 알기 위해서는 내게 '어떤 도움'이 필요한가를 알고 있어야 한다. 그리고 그렇게 도움이 필요한 부분을 메우기 위한 독서를 할 때 우리는 자기 계발서를 '잘' 사용한다고 말할 수 있다.

나는 자기 계발서를 '읽으면 무조건 도움이 되는 책'이라 생각한다. 우리가 할 일은 내게 필요한 도움이 무엇인지 알고, 서점에 드넓게 펼쳐진 책 중 비용 대비 가장 큰 효과를 줄 것 같은 책을 골라 읽는 것뿐이다. 사실 어떤 책을 읽던 자유이다. 그리고 자기 계발서를 꼭 읽어야 할 필요도 없다. 다만 내가 우려하는 건 자기 계발서에 대한 잘못된 선입견과 인식으로 인해 책을 읽음으로써 얻을 수 있는 가치를 영영 놓치게 되는 것이다. 실제로 자기 계발서는 절대 읽지 않는 사람들이 존재하지 않던가. 자기 계발서를 읽고 말고는 온전히 자신에게 달렸다. 자신에게 어떤 도움 혹은 변화가 필요한지 '정확히' 인식하고, 자기 계발서를 통해 한 단계 더 큰 성장을 경험해 보는 것은 어떨까?

나는 인생이 가장 막막하고 불안할 때 책을 읽기 시작했다. 변화가 간절했고, 지푸라기라도 잡는 심정으로 책을 읽었다. 자기 계발서가 되었든, 소설이 되었든 책은 우리 삶에 크고 작은 변화를 일으킨다. 흔히 달을 가리키는 손가락을 보지 말고, 달을 보라는 말을 한다. 책은 도구다. 내 삶을 가장 효과적으로 변화시킬 수 있는 도구 말이다. 우리가 주목하고 관심을 주어야 하는 건, 어쩌면 우리 마음일지도 모른다. 나는 왜 변화하고 싶고, 어떻게 성장해 나가고 싶은지 물어야 한다. 변화하고자 하는 마음만 분명하다면 책은 그 분야와 상관없이 변화를 돕는 친구가 되어 줄 것이다. 당신에게 묻고 싶다.

"당신은 어떤 변화를 꿈꾸고 있나요?"

에필로그

완벽하지 않아도 괜찮다 말해줄 수 있길

'완벽하지 않아도 괜찮아'

스스로에게 이 말을 해주기까지 어언 30여 년이 걸렸습니다. 지금까지 잘해왔고, 애쓰느라 수고했다는 말이 왜 그리 어렵던지요. 완벽주의라는 무거운 족쇄를 짊어지고 살아온 시간들이 주마등처럼 스쳐 지나갑니다. 완벽해야 한다는 강박으로 스스로를 힘들게 하는 사람이 많습니다. 대개 타인에게는 관대하지만 스스로에게는 엄격한 부류가 그렇습니다.

10대, 20대 시절이 돌이켜보면 애처로운 마음이 가득합니다. '너무 애쓰지 않아도 되는데, 뭘 그리 애썼을까' 싶은 순간이 넘쳐나기 때문입니다.

온전히 나로 살아간다면, 완벽하지 않아도 괜찮습니다. 우리는 존재 자체만으로 충분히 가치 있는 사람이기 때문입니다. 타인의 시선을 의식할 필요도, 세상의 기준에 맞춰 살 이유도 없습니다. 지금까지 그렇게 살아왔다면, 오늘부터 달라지면 됩니다. 사실 이렇게 이야기하는 저조차, 오롯이 나로서 살지 못할 때가 많습니다. 진로를 고민할 때, 일을 할 때, 관계를 맺을 때, 그리고 취미 생활을 할 때조차 타인의 시선을 의식하곤 하니까요. 그럼에도 불구하고 이렇게 글을 쓰는 건, 나다움의 가치를 발견했기 때문입니다. 나만의 속도와 방향으로 인생을 살아갈 때, 진정한 의미의 행복을 경험할 수 있습니다.

여러분은 현재, 나답게 살아가고 계시나요? 만약 그렇지 못하다면, 이 책이 계기가 될 수 있기를 바랍니다. 나 자신과 마주하고 대화할 수 있는 통로가 되었으면 좋겠습니다. 나답게 산다는 건 용기를 필요로 합니다. 있는 모습 그대로의 자신을 마주하고, 기꺼이 받아들일 수 있어야 하기 때문입니다. 〈완벽하진 않지만 나답게 살고 있습니다〉를 쓰며, 나다움이란 무엇인지 매번 고민했습니다. 완벽하지 않아도, 스스로에게 괜찮다 말해줄 수 있는 용기야말로 나다움이라 생각합니다. 독자분들이 책을 읽고, 나다움에 한 발자국 가까워지길 진심으로 바라봅니다.

첫 단독 에세이인데 부족함이 많음을 느낍니다. 우울증으로 힘든 시기 책을 내게 되며, 미처 퇴고하지 못한 부분이 있기 때문입니다. 이마저도 저의 최선이었음을 알기에 독자님들의 넓은 아량에 기대어 봅니다. 출간을 앞두고 감사한 분이 많습니다. "너의 존재만으로 충분하다" 말해준 어머님께 감사 인사를 전하고 싶습니다. 언제나 사랑으로 응원해 주는 아버지와 동생에게도 고마움을 전합니다. 어려울 때마다 힘이 되어주는 친구들, 마지막으로 출간을 위해 물심양면 애써주신 모모북스 박종천 대표님께도 감사의 말씀을 드립니다.

완벽하지 않아도, 너무 애쓰지 않아도 괜찮습니다. 여러분의 나다운 삶을 응원합니다.

『완벽하진 않지만 나답게 살고 있습니다』

최영원 작가 드림.